From Interest to Taste

以文藝入魂

ANTI·GRAVIT

目次

第一人

一年將盡，寒流方過，氣溫只有十幾度。將軍起床，洗漱完畢，披上夾克到外頭做操，模擬游泳自由式或高爾夫揮桿姿勢，活動身體。將軍收操後，瞥了一眼園圃剩餘的十來株聖誕紅。二夫人已備好熱牛奶、饅頭夾蛋，將軍和三個孩子匆匆吃過早餐就得出門。將軍習慣喝完牛奶後，再往杯裡沖開水，涮涮，喝掉那杯帶著奶味的開水。將軍換工作服，圍領巾、套馬靴，想著今日上山得確定這批桶柑能不能採收了。司機和李副官在車道上熱好車輛，隨時可以出發。

尋常一日，車輛經過大門口旁的守衛室，前往大坑山腳的果園。天色灰濛濛，惺忪未醒，路過小鄭的水電行，將軍看了一眼，車過橋，接著蜿蜒往上。李副官說，這天氣怕是還冷，孫先生請多注意。將軍點點頭。司機開到一處小臺地停下，將軍和李副官下車，各自拎著袋子、水壺，沿著停車處旁邊的山徑繼續往上走。

七十歲的將軍腳步穩健，前幾日落雨過後的溼軟土路尚未乾透，留意著走，還是不小心滑了一下，身子趔趄，李副官趨前扶持要將軍當心。將軍很快穩住重心，沒事般說幸好前幾天雨不大，應該沒傷到橘子。他們一前一後，腳步斜斜向上，約莫十來分鐘抵達果園的工寮。將軍放下裝著午餐的手提袋，脫掉外套，戴上粗布手套，逕自往果樹方向去了。李副官拉了張凳子，靠著工寮牆壁，昏昏假寐。

天光大亮，果樹上的桶柑隨風輕輕搖晃。手執修枝剪，抬頭看了兩小時柑橘的將軍，頸子有些倦，想著這兩天得採收了，除了二夫人還得請幫手才成。穿行在植株之間，將軍就像個將軍在閱兵，每棵果樹等距站好，靜靜結出果實。只要好好善待植物，植物也會好好回報你，比起將軍大半輩子在官場打滾吃悶虧簡單多了。將軍解甲歸田雖不完全是自願，也幸好有這幾甲地讓他有所寄託。將軍走到果園邊緣的樹蔭下小歇，手上拎一袋裝著火燒果、裂果，納悶是病蟲害抑或土壤水分管理問題所致。他心算，大女兒才上大學，三個小鬼拉拔長大還得好幾年。將軍前半輩子帶兵幾十萬，如今就管家裡三五人。

遷居臺中十五年，將軍最初試過養雞。那批來亨蛋雞著實忙了他好一陣。要看書研究，要想辦法請教外頭的雞農，要買飼料、拌飼料，要幫雞打針，打掃圈舍，日日檢查記錄。將軍手腦並用，以科學方法定能養出好雞好蛋。將軍確實養得不錯，雞蛋產量穩定，可家中空間有限，怎麼養也就三十來隻。

二夫人天天騎腳踏車到第二市場賣蛋，將軍很快發現飼料支出打不過賣蛋收入。一次坐車出門到網球場，李副官同他說，民眾就是一窩蜂，看人家幹什麼就跟著幹什麼。

您瞧，這一路上家家戶戶都養雞，人人都想賣蛋，可這蛋要賣給誰也沒人仔細想過。同座另一位王副官說，要不養鳥？聽說現在鳥市行情正好，日本人也在瘋。

將軍當日回到家，心一橫，請副官聯繫把雞全數賣給附近雞農。大鳥換小鳥，重整雞圈，添購了幾具鳥籠，重新來一輪看書研究、買飼料、拌飼料、清鳥糞這些瑣碎工作。還養著金絲雀，價格就往下跌。來不及養上十姊妹，將軍果斷放棄。或許將軍也發覺，身在七尺圍牆內養著待價而沽的鳥羽，太過物傷其類。

將軍改種植物。家宅占地五百坪，茉莉、玫瑰植栽圍繞著庭院蔓長，另闢一區蘭花棚，花開正盛，就由二夫人帶往市場販售。將軍埋首園藝，鎮日鑽研，給他栽出含有紫白二色的茉莉，正是他清華母校的代表色。將軍手植的玫瑰在市場頗受好評，香氣低調芬芳，加上他幽居孤立的神祕感，將軍玫瑰之名不脛而走。將軍種出了興致，買了大坑山地，種過檸檬、柑橘、芭樂、荔枝和水梨，把自己種得愈來愈像果農。

將軍起身，拎起布袋，繼續察考果樹，逐一檢視，隨時剪掉劣果。待他回到工寮，約莫正午。將軍脫去巴拿馬帽、手套，拿毛巾擦拭冒出的微汗，喝水，卻不見李副官。將軍猜想，大概到外頭出恭去了。李副官的聲音遠遠傳來，將軍往外看，李副官領著一名矮小男子和一個手上掛著西裝外套的外國男子。

將軍覺得那外國人有些面熟，一時想不起在哪見過。

李副官引介矮小男子說，這是從前單位的同事，姓馬，現在在調查局服務。將軍與馬先生握手。馬先生說，孫先生久仰。我奉上級之命，帶這位貴客來看望您。將軍與外國男子握手致意。接著馬先生與李副官走進果樹區，像是刻意留給他們隱私空間。將軍仔細看清了來客，內心有些震動。他不久前才在《生活》雜誌封面上看過這個男人的照片。

「雷德福司令託我有機會要來看您。」

「蔣總統不允許我見任何外賓。請幫我轉達謝意。」

「我倒是幫蔣總統帶話到上頭過，」美國人的額頭冒著晶瑩微汗，「事實上，還有其他七十二個國家的領導人也留了話。」

「全都刻寫在一枚五十美分大小的矽製圓盤上。據說巴茲，你們是這樣稱呼他嗎，差點忘了把這些留言放在那裡。雜誌有報導。」

將軍感覺有些怪異。他從未見過眼前這位美國人，卻似乎已經很瞭解這個人。他在雜誌上看過這人一家四口的照片，看過他和同事執行任務的電視轉播，看過他們後續相關報導，反而不知道從哪裡聊起，才不會失禮。將軍思緒跑了一圈，還是問出千百人都問過的問題。

「在那裡的感覺怎麼樣？」

「在那麼遠的地方還接到美國總統的長途電話，確實滿特別的。」

將軍稍稍放鬆了些。

「你跟我從雜誌讀到的印象不太一樣。」

「你是說，類似『用複雜的性格回答問題，結合謙遜以及技術人員的傲慢，結合辯解以及緊閉金口的優越感』？或者『擁有一種狡猾的隱私，不願讓任何人察覺他的想法』，還是『非比尋常的孤高』？」

「看來你都讀過了。」

「那位作家把我想得太過複雜。任務有很多無法預料的突發狀況，誰也無法保證順利。」

「那麼，你說的那句話，是早就想好的嗎？」
「你知道，太空總署跟《生活》雜誌簽了獨家合約，讓他們報導所有跟太空任務有關的事情。當然要派專人替我們寫公開發言稿，免得說錯話引起公關危機。」美國人促狹說著。
「這樣啊。」將軍點點頭。
「剛才是玩笑話。」美國人說：「我知道那句話會被電視轉播傳送到世界各地，但我其實沒花多少時間思考。如果我們沒能成功登陸，一切都是白費工夫。我們安全登陸以後，還有幾小時讓我想想可以說什麼。我的想法很簡單：如果你踏上某個地方，能說什麼？應該跟步伐有關。」
「那句話一定會流傳很久。」
「不過我還是少說了『a』，這讓那句話聽起來有點蠢。」
「人們會自行幫你補上的。」
「我後來想，該不會我太熟悉大學兄弟會的口號，『一個人是成就不了什麼的』（One man is no man.），導致我忘了在那句話說『a』。」

「你是Phi Delt？」

「你也？我知道你是普渡畢業的。」

「我在印第安納只待了兩年，但可能是Phi Delt第一個華人成員。那時候林白還沒飛越大西洋呢。」

「上次碰到林白，他告誡我千萬不要隨便幫人簽名。這大半年的巡迴活動下來，我終於理解他的意思了。」

「我正想請你幫我的孩子們簽名呢。」

「我有更好的提議。」美國人從口袋掏出一個袖釦大小的物件，慎重地交到將軍手中。「這是我帶到那裡的小玩意。改天得找機會送一個到俄亥俄的Phi Delt總部。」

將軍看看手掌中冰涼的金屬徽章，辨識代表兄弟會的三個細小希臘字母，一條纖細的鍊子連接一把西洋劍。

「衷心謝謝你的貴重禮物。」將軍把徽章收進口袋，忍不住疑惑，「我可以想像你在月球，在美國，在世界任何一個地方，但我不明白你為何會在這裡。」

「白宮徵召我跟著鮑勃·霍普加入聯合服務組織的勞軍之旅。這裡是倒數第二站。」

「那個喜劇演員？你跟他一起演出？」

「鮑勃是老經驗了，他從二次大戰期間就在做這件事。演出時候，我通常站在鮑勃身旁，說幾句話，不用穿太空裝，不用唱歌跳舞。」

「好比說？」

「像是，鮑勃可能會問：

『大家都知道你去過月球。你說說看，那裡有什麼？』

我答：『很多石頭。』

鮑勃：『有酒嗎？』

我：『沒有。』

鮑勃：『有女人嗎？』

我：『沒有。』

鮑勃：『有外星智慧生物嗎？』

我：『應該是沒有。至少我跟巴茲都沒遇到。』

鮑勃：『你們到底大老遠跑去那裡做什麼？』

我：『甘迺迪總統要我們去的。』

鮑勃：『你們沒在那裡遇到他嗎？』

我：『很遺憾，沒有。順帶一提，我們也沒在那裡遇到瑪麗蓮。』

鮑勃：『你們總帶了什麼紀念品回來吧？』

我：『一些石頭。』

「又或者，鮑勃可能會說：

『你踏上月球的壯舉，在今年只能排上第二危險。』

我問：『誰做了最危險的事？』

鮑勃：『那個與Tiny Tim（瘦子提姆）結婚的女孩。』

接著哄堂大笑。」

「我不懂。而且誰是Tiny Tim？」

「我也不懂，也不知道Tiny Tim是誰，好像是個歌手？但大家就是會笑。鮑勃掌控一切，我只需要站在臺上就好。但前一站在越南的表演狀況，讓鮑勃有點意外。」

「怎麼了？」

「鮑勃對士兵們開玩笑：『大兵們，國家在後面支持你們！喔，我看一下數據，大概有百分之五十的民眾支持你們！』這讓大家笑了。他說我們在這麼靠近作戰前線的地方登臺演出，乾脆也發給越共一半的門票好了。大家依然有笑。他接著介紹觀眾席的南越副總統，立刻一片沉默。然後他保證尼克森總統即將結束戰爭。現場立刻噓聲大作。」

「依我看，這場戰爭恐怕還要繼續打下去。」

「我們下午在臺中的基地演出，我會注意鮑勃有沒有繼續被噓。」

見李副官和馬先生從果樹間走出，將軍知道該結束這次短暫的會面了。

「謝謝你來，尼爾。」

美國人與將軍揮手道別，隨即跟著馬先生往山下走。將軍從午餐袋子中掏出饅頭，坐在凳子上，悠悠咀嚼起來。

李副官問將軍，我老覺得這美國人眼熟。將軍笑而不語，心裡想著七月那會兒，你兒子天天到我家看電視，就為了看這美國人在月球踏出那一小步呢。

馬面的英文不大行，即使事先惡補好一陣，臨陣還是派不上用場。他勉強能把句子唸完，卻聽不懂對方答了些什麼。他非常好奇後座的美國人對於那部電影的想法。他有點懊惱，應該請將軍代替他問的。但這麼一來，他自作主張帶美國人跟將軍碰面一事可能露出破綻。他擔不起這種風險。

按捺不住的馬面結結巴巴問出了口。

美國人挑眉，似乎有點意外，回答說那電影非常成功地呈現我們在外太空的實際狀況，應該算是我最喜歡的太空電影。

馬面聽不懂，美國人也發覺他聽不懂。於是美國人放慢語速說，電影——非常——好。

車內隨即陷入沉默。

馬面想著，這句聽得懂。電影很好，但是怎麼個好法？他愈想愈焦灼，想問更多問題，無奈語言實在不通。他思來想去，決定掏出紙筆，往後遞給美國人，做出寫字的動作。

美國人覺得馬面有點無禮，伸手接過紙筆，略顯猶豫，對方的意思是請他簽名？

汽車抵達清泉崗基地出入檢查哨。哨兵查驗證件，隨即放行，車子開到一座巨大飛機庫房前停下。美國人把紙筆還給馬面，車門外是等待迎接的空軍三一四部隊軍官。

尼爾自從返回地球之後，不停在旅行。先是跟另兩個組員和妻子巡迴二十三國、美國本土各州，接著又跟鮑勃走這趟勞軍旅程。他很高興有機會到處看看，但實在有些疲憊。如果可以選擇，他希望馬上投入下次太空任務的準備，而不是到世界各地重複類似的演說、回答一樣的問題千百次。

珍妮特問他，為什麼不在家一起過耶誕，非得出去巡演？珍妮特總是有很多問題。比方說，他準備出發到佛羅里達搭上農神五號火箭的前夕，珍妮特也問他為什麼不自己跟兩個兒子好好解釋。尼爾想，要解釋什麼？跟兩個小孩說爸爸可能回不來？還是要騙他們說爸爸一定會回來？自從他加入太空總署以來，已經出席過好幾場同事的葬禮，他們甚至都還沒離開大氣層。再早幾年，當他們唯一的女兒過世時，珍妮特也問他，為什麼不把情緒發洩出來。為什麼報名太空人遴選沒跟她商量。有太多為什麼，就連他自己也不知道怎麼回答。每逢這種時刻，他就想像一塊石頭的形成。

那關係到壓力、溫度和時間。一塊石頭在許多人眼中只是一塊石頭，在地質學家看來卻隱含地球的奧祕。他想像一年、兩年、三年、十年、五十年、一百年的時光，從地質變動的角度來看卻可能微乎其微。一旦跨進幾萬年、十幾萬年，已經無法感知，那就只是巨大的數字。一如他們突破大氣層，往返月球，還在可以數算的五十萬英里距離。但光年，他理性知道，光跑一年的距離是五．八八兆英里，那麼離地球最近的麥哲倫星雲遠在十六萬光年以外，要怎麼想像這種時空尺度？於是他會回到一塊石頭。像是他跟巴茲一起從月球表面採集回來的石頭。這些石頭發生過什麼事？他始終記得踩在那些細緻沙塵上的觸感，比砂糖精細，有如糖霜那麼鬆軟，像是被故意鋪設在那裡的粉末。他也記得登陸月球時，太空總署的通訊員問他等等到艙外活動要說什麼。他知道說這句也許過於輕鬆：「老天，這裡到處都是塵土。好，我們開始吧……哦，那裡有一塊石頭。」

地質學家會透過那些石頭瞭解一些事。然後那些石頭就像禮物一樣，好讓美國四處發送。他知道賽爾南夫妻正偕同副總統安格紐出訪亞洲，他們過幾天也會來到臺灣，把其中一小塊月球岩石贈送給蔣介石。他也聽說，明年即將在日本大阪舉辦的萬國博覽會，美國館將會展出一些月球岩石。只是不確定展出的石頭會是他們帶回來的，還是阿波羅十二號組員帶回來的。

一開始是他和巴茲，接著是康拉德和比恩，後續會有更多人踏上月球。他彷彿還聞得到，回到老鷹號艙內，摘下頭盔，那接近放鞭炮後的淡淡火藥味，就是月球聞起來的氣味。他開始覺得，自己再也沒機會穿過大氣層了。

將軍大約下午兩點多結束果園工作，跟李副官走下山。勞動過後，手上的袋子輕了，腳步重了。回到家，將軍褪去工作服、長靴，從長褲口袋掏出那枚小小的兄弟會徽章。將軍沖了澡，躺在床上小憩，他戴起老花眼鏡，仔細端詳掌中的徽章，覺得像夢。

將軍午睡一小時醒來，張開手，仍是那枚帶劍的金屬徽章。他把它收到放置勳章的盒子裡。小孩放學回來，他照常在晚飯後，讓三個孩子在長廊的烏心石書桌就位做功課，面向著屋內的佛堂。將軍並不在旁看著，而是待在書房，翻讀蔡松坡輯錄的《曾胡治兵語錄》，隨手寫下批注和筆記。書頁上的不同墨色，時不時提醒他回想多年來的閱讀軌跡。他一生的仗都打完了，只能在心裡拿經驗與曾文正公、胡文忠公兩位對照。或者讀報，讀雜誌，讀架上所藏一函函書卷史冊。

將軍突然想找去年某一期《生活》雜誌。印象中那期封面是埃及法老王圖坦卡門的黃金面具，也有報導某個美國導演拍攝的科幻電影，兩者跨越了幾千年。將軍從《時代》、《生活》、《讀者文摘》雜誌堆中抽出那期雜誌，站著翻閱，心裡想著不知這電影有沒有在臺灣上映。現在要外出看個電影也得讓副官去報備，將軍只得少看一些。小兒子想看《阿波羅十一號》彩色影片，可惜那只在臺北國賓戲院上演。將軍覺得小兒子跟李副官的兒子兩人太瘋了，還曾經偷偷爬上屋頂拿望遠鏡觀察月亮。小孩子有科學精神挺好，卻不該做這麼危險的事。將軍回想自己當年考上清華學校，就是跟同學玩翹翹板，一個不小心摔破輸尿管，害得他要做手術，休學了一年。

將軍的大夫人潛心向佛，長年在臺北善導寺修行。他尊敬有信仰的人，一如他在美國求學期間，身邊同學大多是虔誠基督徒，他也入境隨俗，有時跟著一起上教會、讀聖經。但將軍唯一相信的是人的本心。「人心惟危，道心惟微。惟精惟一，允執厥中」是將軍自小背誦的經書句子，在他五十五歲的大劫難後，琢磨日深。幸好老天送來四個孩子，將軍陪伴他們一天天成長，身兼英數理化家教，也教他們打網球、打籃球、踢足球，十多年來為求一家溫飽也無暇多想。

偏偏今日的天外來客擾亂他長年的安寧。將軍反覆細想，儘管尼爾說是雷德福司令要他來的，可尼爾怎麼有辦法避開情治人員的監控，來到他在大坑的果園？先前水電工小鄭偷偷安排美國回來的熊夫人和公子到果園跟將軍晤面，據說被李副官私下嚴厲警告不許再犯。到底誰能夠安排尼爾來？

將軍的思緒隨即被小兒子打斷。這小子才上國一，現在不用考初中，安排去住校，成績依然不見起色，這幾天才拉回家住。看來得多花心思督促他。一想到這，將軍摘下眼鏡，起身踩著皮製拖鞋，放輕腳步慢慢靠近走廊上的三張書桌。

小兒子早就察覺拖鞋與木地板的摩擦聲，在將軍走近之前，他已經把借來的武俠小說收進抽屜，假裝苦思著眼前的二元一次聯立方程式數學題。

李副官隨將軍移居臺中多年，起初的勤務較緊張，除了他們三班輪值，保密局也有一組人緊鄰在圍牆右後方看守。那時只要將軍坐車出門，汽車後方就跟著一部吉普車。上面吩咐隨時察考，他們也只能從命。時間一長，將軍年紀老大，生活清簡，他們看將軍也就是一普通長者，誰知他曾是南征北討的大將軍。

早幾年還有不少人試圖來看將軍，幾乎都被他們在圍牆外就打發掉了。約莫十年前，美國參謀長聯席會議主席的雷德福司令曾臨時起意前來訪將軍，他們謊稱將軍到東海大學打網球去了，雷德福跑到那當然撲空。不久後，民間傳說將軍逃走了。李副官至今回想起來還覺得好笑：傳聞冒充修理冰箱的工人到將軍家，抬出一具大冰箱，上卡車直接運送到清泉崗基地。將軍就躲在冰箱，由美軍運輸機送出國。那陣子將軍住宅確實有修理冰箱，不過那是從他們住的那排執勤人員宿舍廚房運出去的。圍牆只有一個出入口，一般民眾哪知道將軍家後方另有一排平房？而且管廚房的老孫壓根忘了那天要送修冰箱，居然沒清空裡頭的食材剩菜，讓工人嫌個半死。

李副官下班回到自己家還在想，但今天這位美國人是何方神聖？馬面特地載著來山上跟將軍碰面。他知道從馬面那兒套不出什麼，那小子嘴巴嚴實得很。將軍儘管對他們副官群和和氣氣，實際上也清楚界線，恐怕不容易主動透露。

隔天一早，李副官的疑惑在守衛室執勤，打開《中央日報》就解答了。他只能怨自己有眼無珠，雖然照片模糊，但應該就是那個太空人沒錯。他兒子要是知道，肯定高興死了。但要是兒子知道沒拿到簽名，大概要怨他一輩子。

李副官抖開報紙慢慢瀏覽，隨口說一句，阿姆斯壯昨天在臺中呢。旁邊一起執勤的徐副官剛沖好熱茶，舉杯抿了一口，嘖嘖答腔說，昨兒個一早，我那大女兒不知哪來消息，跑到飯店追星，整個上午都曠課，就為了等著看他一面。我問她要到簽名不，小妮子回我，人潮擁擠到我的一小步都踏不出去。

據說阿姆斯壯結束艙外活動，準備踏入老鷹號艙內時，說了一句讓人摸不著頭腦的話：「祝你好運，高斯基先生。」因為毫無脈絡，太空總署的通訊員也沒搭話，加上電視轉播訊號不穩，許多人並未注意到。

高斯基先生是誰？聽起來像蘇聯人的名字，也許是某個蘇聯太空人？可是沒有任何太空人姓高斯基。多年來，阿姆斯壯總是對這個問題笑而不答。阿姆斯壯晚年某次演講後又被問到這件事，他說高斯基先生是他小時候的隔壁鄰居，如今過世了，所以他可以回答。

阿姆斯壯某回跟朋友在家後院玩棒球，朋友揮出一記飛球直直掉進鄰居高斯基夫婦家的臥室窗戶。阿姆斯壯走過去要球，還沒開口，就聽見高斯基太太正在對丈夫怒吼：「口交？你想要口交?!如果隔壁那個小鬼在月球漫步，我就替你口交！」

這其實是喜劇演員巴迪．哈基特編造出來的笑話。

據說將軍在二次大戰後，短暫鎮守東北期間，有個算命奇準的相命師。經地方鄉紳引介，將軍偕同大夫人隱藏身分，低調拜訪。相命師問過將軍的生辰八字，觀面相，排命盤，斷言將軍是國之棟梁，一生常遭人妒，犯小人，通常能逢凶化吉。一年內將會調離現職，往另一地開創事業新局。五十五歲有大劫難，人可保平安，事業卻也畫上休止符。命中有兩兒兩女，成就斐然。人生最後三年，將會重現光彩。

彼時將軍膝下無子，加上他原本就抱持著不語怪力亂神的信念，只當陪夫人消遣，本不以為意。沒想到不久後，將軍調任臺灣練兵，五十五歲受匪諜案牽連去職，幽居臺中三十三年。而且他真的有了四個兒女，只是並非同大夫人所生。

這是圍繞著將軍的其中一個傳說。

將軍晚年患有帕金森氏症，行動不利索，思緒時常在回憶中彈跳。將軍回想腦海中轉瞬即逝的許多面孔，突然記起似乎有一天，他在山上果園跟太空人碰面。他想了很久，那位穿著深藍色連身飛行服的美國人，應該就是第一個踏上月球表面的人類。但為什麼他在山上？將軍想問問李副官，拄著拐杖費力走到前門守衛室，已經空了。再到屋後那排平房，發現早改成倉庫。將軍多年來習慣那六個副官輪班隨侍，沒想到他重獲自由，這個家也人去樓空，變得太大了。

將軍腦中有一道閃過的黯淡光芒，似乎跟幾個符號有關，卻怎樣也想不起來。他漫無目的在書房摸索，尋找任何可以映照方才小小光點的物件。他翻書，翻雜誌，翻信件，翻抽屜，倒出筆筒和幾個收納木盒，桌上散落凌亂的勳章、紙片、鈕扣、別針、玉石、鋼筆、紙鎮。將軍幾乎快要記起卻又忘記，美國人曾經給過他一個什麼小東西。

也許在普渡大學的兩年是他生命中最輕鬆自在的時光。那位老調侃他的清華同學，那會兒總跟他一起組隊打籃球，後來被安排的比賽愈來愈多。他們本以為是自己球技好，美國人喜歡找他們打球。實際上是他們兩個黃種人球技太好，美國同學拿他們賭錢總是贏。誰想得到若干年後，他們兩人皆到了南臺灣，一人做水稻、甘蔗育種研究，一人做新軍訓練。將軍後來種花草水果，也曾向老同學請教。只可惜同學走得早，他沒能親自去告別。

也許那枚鏈著一把小巧西洋劍的普渡大學 Phi Delta Theta（ΦΔΘ）兄弟會徽章，從來不存在將軍手上。它的照片曾經刊登在普渡大學兄弟會刊物，而將軍的書房有那麼幾摞雜誌書刊，即將在他死後被清理。

尼爾直到進行最後一次心臟冠狀動脈繞道手術，神智都很清明。他以為術後待在醫院休息幾天，就能去打高爾夫球了。他再也沒能健康出院。彌留之際，尼爾感覺像是少年時期常做的那個夢，整個人飄浮在半空中。也或者，像人在外太空時的失重狀態，眼前一切事物都在飄浮。灑落的水滴、原子筆、記事板、墨鏡、底片、牙刷、單筒望遠鏡、萊特兄弟飛機的碎片、黃金橄欖枝、兄弟會徽章。好多好多臉。好多好多碎紙片。好多好多聲音。

驀地，尼爾彷彿當年報名參加太空人遴選接受測試，被丟進漆黑房間，剝奪所有感官來源，沒有聲響、光線、氣味。他想，難道還要像那時重複唱一首歌來計算時間？他想起許多次旅行。也許想起了那一次的勞軍巡演，他們八十多個人的團隊從德國、義大利、土耳其、越南，然後到了臺灣。他跟鮑勃深夜抵達臺中，住進一家名字正好叫做阿波羅的旅館。他應付熱情的旅館服務人員直到凌晨兩點才得以休息。

早上起床，房間地上出現一封英文信。他原本不以為意，讀到雷德福司令拜訪將軍不果的報導、將軍在十多年前被迫去職的報導，以及將軍曾在緬甸打仗的報導，開始有些迷惑。信件還說，離開旅館後，有人會帶他去見將軍。

這也不是他唯一遇過的怪事。他記得當年執行登月任務，飛往月球途中，指揮艙窗外出現不明發光體。他們推測那東西不是任何已知星體，而且只離阿波羅十一號大概一百英里。他們確定它有某種特定形態。他們也確定不能跟休士頓通聯談起這件事。

所有細瑣的記憶碎片逐漸遠離、縮小，變成球狀環繞的景致，變成巨大弧線，變成一個完整的球體。這時他感覺球體非常渺小、鮮豔，幽靜，寧謐，浮在無邊無際的黑暗中。尼爾開始望見那片壯闊的荒涼坑洞，也眺望遠方那顆漸漸變小的藍色彈珠。

尼爾完成登月任務後的三十年間，只要有人請求簽名，他大多盡力而為。差不多到他再婚之後，他決定不再那麼做。但他已是世上簽名最多次的人。如今網路上到處有人兜售他的簽名，大概九成以上是仿冒品。

直到馬面的晚年，每當看到舊筆記本上的阿姆斯壯簽名，他就無比惋惜，再也沒機會知道阿姆斯壯對那部科幻電影的評價了。

刺殺

阿志決定回臺灣了。他出外近十年，從加拿大西岸蕩到東岸，好像留學只是合法流浪的藉口，就這樣落腳滿地可。城裡的唐人街小而興隆，隨意找了家中餐館打工，把自己當作摺疊起來的燒賣，安然待在蒸籠裡。眼前的漢字店招，耳邊的唔該唔識講的廣東話，像是隱形結界，跨出這一街區就迎面飄來魁北克腔法語，路上的法文大於英文。

阿志來到這裡前不久，魁北克才經歷一次獨立公投，最終魁北克省還是留了下來。以他一個臺灣人的角度來看，留不留可以交給大家投票決定，這非常刺激。大多時候，加拿大國內的這些紛擾，於他只是背景音，同樣的時間刻度，生活平行發展。他偶爾寫信給在紐約大學讀人類學博士班的學妹發發牢騷。那是他與學術界僅存的一絲連繫。他時而寫些讀書心得，時而提及加拿大印地安人的悲慘處境令他想起故鄉的山地朋友。相較自己的飄搖不定，他極為欽佩學妹回臺邊寫博士論文邊抽空生小孩的能量。

他體驗過溫哥華的濱海寒冬，也知道多倫多挺冷，沒想過在滿地可的第一個冬日如此漫長鬱結，還好能出門躲在地下迷宮般的 RÉSO，穿行在商場店家間，在咖啡館讀書看報消磨時間。等到蒙特婁博覽會隊的主場開放，表示春天來了，就能待在遠遠的外野座位區，看一顆幾乎看不見的小小白點在場內外彈珠般跑跳。天氣暖和起來後，餐館的同事找他一起湊數，在郊區大房子幫忙整理庭園，他不懂怎麼爬上爬下修剪枝葉，只能在旁遞剪刀，做些收拾或除草。收工時，他跟身材不高但結實的保羅在廂型車旁抽菸聊了幾句。他們碰面次數不多，幾次聊下來，阿志約略能勾勒出保羅的人生速寫。

歲數正好大阿志一輪的保羅同樣屬牛，六四年到美國匹茲堡留學，六五年轉往康乃爾大學。保羅跟大多數的臺灣留學生一樣，去了美國就不想再回去了。拿到博士候選人資格的保羅沒寫出博士論文，東奔西跑一陣後，到了滿地可。或許基於類似的漂流狀態，阿志總覺得跟保羅滿投緣，特別是聊起學術話題，彼此都發現在各自的人類學、社會學專長之外，也看不少雜書。阿志談到長期閱讀的法國人類學者Lévi-Strauss，保羅就跟他談結構人類學；保羅談到美國社會學者Erving Goffman，阿志就談起劇場理論、stigma（汙名）；他們也談論Clifford Geertz、James Scott、Benedict Anderson等人的新近著作。保羅自稱「史普尼克」世代，跟阿志他們「登月」世代雖然不同，卻還是籠罩在相同的美蘇冷戰結構中，也一同目睹美軍從西貢倉皇撤退的狀況。

保羅說，我彼當時來美國，抂好後來號作「自由之夏」的運動結束，你應該知影吧？我轉學去Cornell了後，熟識袂少人攏參加過彼个運動，佇密西西比跍三個月，也有人是予人刣死的彼三个Cornell學生的同學，參我仝款讀社會學的。六十年代講起來，講樂觀有影樂觀，講悲慘嘛有影悲慘，我拄拄參加到後半，逐年攏有代誌發生，像六五年Selma的黑人遊行行到彼條橋，警察噴瓦斯、拿棍仔拍遐的遊行人士拍甲傷狠，美國電視臺實況轉播彼陣遊行民眾，無武器，無抵抗，佇瓦斯煙霧中予拍甲糜糜卯卯。

煞落來彼兩年，四界都市攏有黑人抗爭，上嚴重就是六七年的Detroit。彼時社會氣氛緊張，隨時有代誌欲發生的感覺，六八年Dr. King、Robert Kennedy攏予人暗殺，我時常參SDS的朋友做伙去遊行抗議，親像六八年佇芝加哥的民主黨全國大會，我嘛佇現場抗議，差一點予人打傷。對啦，SDS是Students for a Democratic Society的縮寫，美國人上愛號名了後用字母縮寫，這是全國性的學生組織，你聽過Tom Hayden否？伊六十年代算學生裡面的leader，寫過一篇叫做Port Huron Statement，批判冷戰、核武、種族歧視、經濟，非常有力，提出participatory democracy的想法，算是阮這輩人的心聲。[1]

六八年彼擺抗議，有七人予起訴，伊是其中一个，當時伊甚至講，芝加哥警察佇和平示威進前就鎮壓，予大家流血，按呢就予血流過歸個城市。芝加哥審判過程，我慢慢瞭解到，自由民主嘛不是保證，歸欉好好由在過日。政府遐爾大的國家機器，有足濟問題需要人民主動爭取、修理，若無政府照常做伊行，問題可能永遠無解。講起來，阮當時就是傷過相信有機會改變，應該行動起來，大聲喊出訴求。

不過，任何組織、運動後來攏會拄到路線問題。像 Tom Hayden 後來選擇體制內路線，去選參議員。像黑人民權運動內部，也有黑豹黨這種較激進、暴力的路線。黑人實在有影艱苦，美國內戰過一百年，竟然連基本的公民權也欠東欠西，個的精神領袖不只予暗殺一个，哪有可能袂衝動、無怨嘆，個的反應佮感受，我會使瞭解。

若講六九年四月佇 Cornell 大學內面發生的事件，予我的體會較複雜。有一陣較激進的黑人學生，為著學校準備設立的黑人研究計畫，有一寡人㨑水槍衝入校長室，提走幾百本冊擲去垃圾堆，因為個講這攏是參研究計畫「沒關係」。個甚至衝入去校務會議，共咧講話的白人校長拖走，主張黑人研究計畫要予個主持。煞落來，不知誰人擲一个火燒十字架佇黑人女學生宿舍頭前，黑人學生就更加不滿，校內遐白人學生為主的兄弟會、姊妹會，本底就反黑人、反猶太人，兩爿開始相嗆，白人學生想欲搶走活動中心控制權無成功，後來閣有十幾枝槍送入去活動中心予黑人學生，結果學校主動讓步，差不多完全同意個的要求。我佇現場看著遐黑人學生㩳槍對活動中心出來，親像個是黑豹黨的，camera一直翕，閃光燈一直爍，若像拍電影。淡薄仔譀古，若咧扮戲，我馬上想起Goffman的冊名，這就是「日常生活中的自我表演」嘛。有幾若个，像彼時Cornell的學者Allan Bloom為著抗議這齣，辭頭路離開。Cornell彼時有三十幾个臺灣學生，今馬的臺北市長李登輝當時亦佇遐讀博士，大部分攏認真讀冊，我應該是內面上鼓力參加民權運動的。

阿志回想，六八年那年夏天，他的生命中也發生了一件事。常常帶他逛書店、到處參加藝文聚會的阿肥，期末考沒出現，聽說是參加的讀書會出了事。他本來以為阿肥是他們之中最安全的，畢竟他的姊夫可是蔣家人。事件證明他對權力的理解太膚淺。開學後，同學間無人再提起阿肥，像轉學離開的同學，而阿肥甚至連一個空缺的座位都沒有。阿志照常上課下課，泡在圖書館、書店，增強英文字彙能力，把自己丟進一個知識的深淵，思考許多抽象問題，無暇多想身邊的事情。

彷彿一轉眼，他出了國，女友分了，開了置換心臟瓣膜手術，左側肋骨下方、胸口的正中央皆留下長長的縫合疤痕，而他已在各地餐館賣勞力好幾年了。他跟保羅的談話並不總是流暢不停，中途也會有幾顆鵝卵石似的靜默停頓，那時保羅就只是抽著菸，菸頭燃燒的紅點與煙霧有序交替。他注意到保羅從不浪費任何一根菸。每當停下不抽時，保羅不會把菸擱在菸灰缸上讓它慢慢燒，而是從口袋掏出隨身小剪刀，喀嚓剪掉一小截，反覆抽到剩下濾嘴。

保羅跟他說起一個出外多年來做過幾十次的夢。

阮厝往過住佇新竹頭前溪附近的矮厝仔，後面有一條鐵支路，我沿著鐵支路，一直行一直行，親像是欲去新竹機場。阿志問，一直行，然後？保羅回，只有一直行鐵支路。我也毋知是會行到機場抑是無。阿志說，這應該是想厝啦，鐵支路、機場攏是離開去另外一个所在的symbol，老大兄有機會應該轉厝看看。保羅感嘆，我實在沒面轉去。博士無拿，閣外國浪流連做工，若想起父母的期待，我心內就真稀微。見笑啦。

阿志笑笑，我參你半斤八兩啦，仝款無拿博士，若想到轉去潮州見父母，我就頭真大。厝內人當作我閣佇溫哥華讀博士，哪知我由西往東，趖啊趖到多倫多，今馬佇滿地可的餐廳內做人辛勞仔，我嘛講袂出嘴。不過我佇餐廳熟識幾个美國人，𪜶攏是反對越戰，覕來加拿大過日，等候底時轉美國。我看大概是你仝輩人，抗議越戰，不願打那場不正義的戰爭。今馬看起來，𪜶的選擇是正確的。美國打那場戰爭，真正虛累累，了錢無講，遐的少年人的性命攏是浪費。

保羅說，確實有影。所以講，國民黨就是做細漢仔，美國大仔叫你做前哨基地你就愛接受。其實，佇冷戰下面，不是偎美國，就偎蘇聯，國民黨無啥特別，當初南越吳廷琰政權嘛是真害，專門壓迫人民，黑西一大堆，參國民黨有拚，美國嘛是挺，挺甲軍人政變，挺甲家己落跑。最後彼个南越總統，落跑第一站就是去臺灣，聽講住過天母彼爿。

我卡早參加民權運動的時，蓋濟朋友拒絕做兵，燒徵兵卡啦、寄回徵兵卡啦，也有人予掠去關。像彼个拳王阿里嘛講，伊共越南人沒仇，佃嘛沒人叫伊nigger，所以毋願去戰場。這是足大的勇氣，運動員身體上好的時，無拳好打，四界演講宣傳反戰、民權，予人真欽佩。我嘛有一寡朋友，參你捌的美國人仝款，覕往加拿大，這是有組織網路支援，淡薄仔像十九世紀美國內戰前的黑奴逃亡支援系統，叫做underground railroad，雖然有鐵支路的名，實際上是逐个所在無仝的黑人支援團體合作，送偷走的黑人去北邊自由州抑是加拿大。後來就有人咧講，六十年代反戰少年人覕做兵，就是倚靠這款的地下支援，也會使講是Second underground railroad。保羅說著說著，又點起只剩半截的菸，深深吸了一口。

阿志好奇，這地下網路到底安怎運作？

保羅笑說，你老K抓耙仔喔，問遮濟。基本上，這網路裡面就是大家互相想辦法，行佇合法佮非法的中間，有時嘛掠不準。比如講，借證件，我有朋友就是借別人的證件自美國坐巴士入加拿大，過邊界檢查時，上車的警察問要蹛多久，伊就看身邊的白人女朋友，假影佃是一對，輕輕鬆鬆講 depends on her，就入來加拿大。入來了後，會有當地接應，送去適合的社區住。

阿志訝異，遮簡單？

保羅點點頭，就是按呢。曷不是扮電影，其實無啥刺激，愈平常愈安全。我看遐朋友，參普通人差不多，做事，讀書，飼囝，也參加遊行運動，只要沒強出頭，盡量莫翕相，日子就是順順仔過。然後，就是拄到所有人的問題。

啥問題？

安怎好好生活落去。我有朋友，感覺無法度佇傷過安全平靜的所在生活，偏偏欲去走闖。聽說有人加入FLQ，全名Front de libération du Québec，亦就是魁北克解放陣線知否？佃四界囥炸彈，做魁北克獨立運動。有人去古巴剉甘蔗，有人去南美遐的游擊隊，幫忙對付烏暗的軍人政權，嘛有人去支援北愛爾蘭對抗英國，閣有一寡去參加巴勒斯坦解放組織。講起來，咱臺灣其實亦有外國朋友幫忙做人權工作，顛倒咱家己無法做傷濟。像彼个佮施明德結婚的艾琳達，佃想講彼此有「政治婚姻」，兩个人互相掛保險，哪知國民黨起屁臉，照常控你坐監，全款㞗你出門。只是沒想到予施明德佇外面走二十六天才掠著。

阿志回想高雄事件發生後，人在外國讀到的外國報導，好像隔了一層薄薄的文字面紗，有點難以相信自己熟悉的城市發生過這樣的事件。他也盡可能找來可見的報導，看了審判過程的連載，對於結果倒是不意外。比較令他意外的是，審判期間竟發生林宅滅門血案，這個政權到底要癲狂到什麼程度才會停下來？他偶爾想像自己若在國內，難免要起身參與那些黨外運動，但他這種瘦弱書生，心臟動過大刀，恐怕去給人當炮灰都嫌不夠。他這四、五年來，每當思索到要回去或留下，往往沒結論，繼續浮浮沉沉在異國只需要自己吃飽就好的生活。直到他認識保羅，不得不再逼自己思慮去留問題。

保羅彷彿讓他看到十年後的自己，孤家寡人，依然做著可有可無的勞力工作，在一個沒有根基的地方靜靜活著。活著只是為了活著。但也許，他的人生路徑會遇上一個女子，讓他就地安居落戶，也許一起開餐館，或者重回校園，慢慢融入滿地可這座城市。也或許都是空想。在這於他是背景的城市，他自身也不過是城市的一小塊背景。冰雪反覆堆積又消融的漫長冬季，阿志閒蕩在滿地可市區錯綜複雜的地下街道，想像著頭頂上方是零下二十度的嚴寒、兩公尺高的積雪，而他卻可以在腔腸般的通道信步遊走，搭電扶梯上上下下，逛百貨櫥窗，躲在一片熙熙攘攘的溫暖明亮。他想起保羅說的underground railroad，想到滿地可人稱underground city，像個隱喻，難怪有那麼多反越戰的美國人跑來這裡。

保羅最後一次跟阿志碰面，說了要離開一陣子的消息。阿志一開始以為他的意思是回臺灣，保羅搖搖頭，要去南方沒錯，不過不是臺灣，也不確定何時回到滿地可。保羅問阿志有沒去過McGill大學走走？阿志說進去過一兩次，他用以前的UBC學生證矇混進圖書館瀏覽報刊，藏書頗豐富。保羅又問，你知影讀McGill大學畢業、上有名的臺灣人是誰？阿志不知道。保羅露出笑容，揮揮手給出暗示：欠一隻手。

咱想的應該是仝一个吧？

敢講是武俠片的獨臂刀？

阿志笑出聲，接著說，伊出去的時，我閣咧讀大學，其實伊住的宿舍就是我平常活動的範圍。學生內面有風聲傳伊消失，行方不明，阮想說伊是不是閣予人掠入去了。後來知影伊成功逃脫到外國，私底下阮攏真歡喜，這是對臭頭仔搧一下足大聲的喙顊。政府自頭到尾攏講是美國中情局佇後面創空、使弄。隨在個講啦。講起來，彼年發生袂少代誌。像小蔣去紐約，差一點予人斃去，算伊命大。後來擱有臺南美國新聞處爆炸案，隔年有臺北商業銀行爆炸案，毋知怎樣牽，牽去李敖參謝聰敏、魏廷朝，攏總予掠走。講個三个會曉做炸彈，根本是練痟話。看起來親像上大尾掠無著，就去掠伊兩個學生，順續掠李敖。

捌看彼个教授的英文自傳否？

當然。我到溫哥華讀冊第一年就對圖書館借來看，A Taste of Freedom, smells very good，有影香。不過我想，若是我，可能無法度像伊計劃甲遐爾詳細。而且伊應該是有一个祕密網路在支援，真正若伊講的，一个獨臂人欲安全逃出臺灣，親像計劃去月球旅行。不管安怎講，成功出去攏是有幫助，至少乎國民黨卸面皮。算起來，教授去美國時，你應該佇美國？

保羅點點頭，我佮一寡朋友到密西根大學拜會過，嘛講過話。彼時真濟人想欲接近伊，不管是支持獨立，抑是中共彼方面的，閣有真濟國民黨的抓耙仔。雖然美國較安全，不定確也是會發生問題。阮對六十年代後半走過來的感受，有可能雄雄一个瞬間，你的生命就規个改變矣。其實我熟識彼个對蔣經國開槍的人。今馬有蓋濟人講佪兩个不應該棄保逃亡，敢做敢當，入去關幾年，出來仝款做運動。這當然是一種想法。不過自六十年代參加各種民權運動過來，我想伊已經真清楚家己的行動有啥物款的政治意義。

彼時臺獨聯盟內部有人捌提議，去巴西揣殺手，抑是揣黑道啦、揣黑人槍手啦，抑是用高倍數瞄準鏡的狙擊槍遠遠仔射，我攏感覺毋對。這件代誌，應該是一个普通人去做，尤其是咱臺灣人自己來做，才會有意義。不管成功失敗，重要要予大家瞭解這是臺灣人的聲音。代誌過去超過十年，我也掠莫準，是有打著好？無打著好？不過我會使講，伊選擇逃亡轉入地下，可能佮反越戰的立場有關。臺灣就是美國打越戰的後勤基地，伊既然欲對細漢仔開槍，哪有可能去坐老大兄的監？伊對遮的問題一定有斟酌想過。

啊，講到彼一年十月分，咱今馬躘的滿地可亦真刺激，發生October Crisis。彼當時ＦＬＱ去綁兩个政府的人，三千學生罷課聲援ＦＬＱ的獨立訴求。結果後來有一个人質死去，軍隊入來滿地可，親像戒嚴，ＦＬＱ參政府談判，要求釋放個予關的同志，要求贖金，要求一架飛機載個去古巴。政府有影去問卡斯楚，伊答應接，ＦＬＱ有五个就往古巴去。這件代誌使我思考到咱彼个失敗的刺客。雖然伊最後失敗，不過伊堅持無傷害無辜佮無關係的人，我感覺真正確。ＦＬＱ因為彼擺的行動傷超過，弄甲無法收山，其實傷害到獨立運動，後面大家反倒去支持和平路線，慢慢做選舉，才會有前兩年的獨立公投。咱今馬佇這啉咖啡，你看彼爿中庭噴水池，大家看起來攏真悠哉，散步踅街，電梯起起落落，無法去想十幾年前ＦＬＱ囥炸彈，四界爆炸幾若年的情形。這兩冬，當年ＦＬＱ逃亡去古巴彼幾个攏轉來接受審判、入去關。組織就是按呢，這條路線行甲透，無效，無法繼續，就要另外想出路，若無，就是愈來愈無人支持。十年時間，會使講改變真大。

阿志記得那時，在《中央日報》讀到的報導說兩個刺客是「匪特性分歧分子」，匪特就匪特，加個「性」就說不出的怪異。刺蔣失敗的消息傳來，國民黨更是大張旗鼓，一堆高官、民代、縣市長就連軍隊都出來聯名擁護蔣副院長，要派專機到日本接他回國。阿志有不少參加救國團的同學還組織一夥人到松山機場接機，場面好像滿熱烈。所謂大難不死，必有後福，大概是這個道理。蔣經國不僅毫髮無傷，還提高了政治聲望，證明他果然是蔣家太子，天選之人。

他們在地下街的 Eaton 百貨公司握手道別，阿志轉往靠近唐人街的 Boul St-Laurent 方向走。他看新聞說，目前十二公里長的地下城，日後將會繼續擴大到二、三十公里，也會添加新的地下鐵路線，已經有上百個出入口的地下街道，不知會複雜到什麼驚人的地步。那個時候他人會在哪裡？是否仍然在這明亮如白晝的地底迷宮，動不動就迷路？他憑著記憶中的路線移動，走沒幾分鐘，突然陷入一片黑暗，驚惶尖叫遠近交響。他聽見左近鞋底與地板的摩擦聲，聞到體味與香水味交雜，幾間店家陸續點起微弱燭光，他憑著孱弱餘光，扶著通道牆壁緩慢前進，抱持不太確定的方向感，且走且猜，走入更深沉的漆黑，尋找印象中的出入口。他沒戴表，沒把握走了多久，只感覺自己大概走了一、兩公里遠，身上沁著細細的汗。

突如其來的光亮像猛然入侵的烏黑，他眨眨眼，讓眼睛適應一會。這才發現自己在某個地鐵站。他想，莫非不小心走到類似多倫多地下鐵那幾座廢棄不用的幽靈車站？可是看來不像，尤其指示標誌寫漢字最奇怪，漢字底下的拼音也很怪異，不是他熟悉的威妥瑪拼音，路人交談則是久違的臺灣國語。

他踏上一道非常長的電扶梯向上，他以為是綠線的Charlevoix站那座很長的電扶梯，卻沒見到巨幅宛如梵谷作畫筆觸的彩繪玻璃裝飾。來到地面，他驚覺自己身在忠孝東路與復興南路的十字路口，周邊是沒見過的百貨公司，街上人車樣貌像另一個世界。他的思緒霎時被城市轟鳴的噪聲遮斷，他目瞪口呆望著闊別近十年的家鄉，眼前嘈雜又似乎頗為先進的景象。好比說紅綠燈吧。小綠人燈號像卡通，上頭還有倒數中的黃色秒數，馬路汽機車的紅燈同時也有倒數計時，皆與他出國前的記憶大不同。還有，幾乎人人戴著口罩，盯著手上一具方塊螢幕，看來像是小孩子的掌上型電玩遊戲機。

阿志在忠孝東路上走來走去，行過兩旁高高低低的樓宇，覺得自己像是回到改建後的故居，物換星移，互不相識了。所有事物都在聯合起來告訴他，這裡不是民國七十一年的臺北。他不是在做夢。他摸摸胸前細長的縫合疤，心臟好端端運轉著，沒有爆掉的跡象。路上看夠了，他再次搭著電扶梯走至地下街，身上沒錢可用，只能在忠孝復興站與忠孝敦化站之間漫步，進了叫做智慧圖書館的地方，確認此時是二〇二〇年。他觀察周邊人的舉止，很快歸納出一些心得。例如那些新奇的電腦，完全和他在滿地可見過的不同，不只更輕巧，而且螢幕是彩色的，只要在鍵盤上輸入關鍵字詞，似乎就會顯示出相關資料。人們手上都拿著方塊型的裝置盯著小螢幕看，雙耳塞著白色短短一截像菸蒂的東西。他不知這些玩意的運作原理是什麼，總之他試著用鍵盤上的注音符號拼出他想得到的幾個名字，最終找到一個應該可以信賴的人。他上到路面，招了計程車，直奔南港。司機見他沒戴口罩，主動遞了一個請他戴上。

他來到眼前的研究所建築，紅磚白牆，二樓亭臺布局頗有閩南建築的味道，踏上階梯進入大廳，四周磚牆拼貼正面的門神大像，沿木造扶手樓梯往二樓，望見頂上八卦窗篩落的陽光。來到掛著熟悉名字的研究室前，他敲敲門。門開之時，那位在他原先的時空中，博士論文即將完工準備回到紐約口考的學妹，幾十年光陰交疊成一張似曾相識的臉，貼合在同樣的髮型和神情上。故人重逢，情緒還在消化，阿志開口的第一句話：「借點錢，計程車司機還在樓下等。」

經歷一番神鬼之辯，確認彼此不是做夢或者靈魂出竅，三十三歲的阿志借宿在七十歲的學妹家。他看了學妹拍攝的所有紀錄片，也翻讀她的幾本著作。他同樣在擁擠的書架上發現，掛著自己名字的譯作。所以他終究有完成年輕時許下的願望。他像個預先偷看解答的學生，抱著學妹借他的筆記型電腦，泡在網際網路上，查找各種發生於四十年時差的事件。他想起與保羅的談話，不斷開著超連結延展出的網頁，像一場沒有盡頭的跋涉。他的腦子短時間吞吃巨量資訊，塞爆似的疼痛起來，只得起身，在客廳沙發躺下闔眼小憩。他腦中閃過一絲疑慮，說不定再次醒來，又回到滿地可那座失電的地下城。

他睜眼，摸摸手邊矮桌的眼鏡戴上，惺忪間確認自己還在南港的學妹家。他倒了杯水給自己，餐桌上有學妹留的幾千元、手機、口罩和便條紙。他花了一番工夫搞懂臺北捷運系統，轉乘到綠線的公館站下車。一路上他懷著濃厚興趣觀察周遭乘客，覺得自己正在科幻小說裡，沒人知道他是時光旅人。臺大正門後方不遠處理應存在的人類系洞洞館消失了，取而代之的是粗壯矗立如墓碑的大工地，他沿著貼有傑出校友名字的工事圍欄，走在椰林大道邊，記憶中坑坑疤疤的路面如今鋪著厚厚柏油，傅鐘依然敲著二十一響的上下課鐘聲。

他花了整個下午，在臺大校園散步，不停對照腦中存放的舊時景物，也到溫州街巷弄踏查。他對於「參與觀察」這一切的散漫氣氛感到新奇，他甚至發現一家專賣大陸簡體字出版品的書店，還在那裡喝了店長奉上的幾杯烏龍茶。他還發現，人們交談起國語不再那麼字正腔圓或帶著鮮明的外省鄉音，但也不容易聽到臺語了。隔天，他隨著搜尋網路資料偶然發現的展覽活動，來到一座紀念館。阿志簽名入場，站在會場最後方，聽完活動。他快速掃視事件五十週年紀念展覽內容，看到方才致詞的長者身邊空了下來，他隨即上前主動打招呼。

「真久沒見，你可能袂記啦，頂擺見面咱猶在Montreal。」

穿著寬鬆亞麻米色七分袖上衣的保羅，疑惑望著眼前的阿志。

「真歡喜閣見面啦。」他們握手，再次道別。

阿志走到紀念館附近的捷運中山國中站搭車，一股心血來潮，在忠孝復興站下車出站，再次搭上那座長得像是從陰曹地府往上輸送的電扶梯，來到地面上。夜裡燈火輝煌的百貨商場人來人往，他在人行道扯下口罩，深吸一口氣，高溼度的亞熱帶氣味，混合汽機車廢氣，這座島嶼外的世界正被瘟疫席捲折磨，他則是被上帝拋到這裡，體驗時間軸錯接之後沒有他存在的未來城市。

他再次走下捷運站，眨眼間光明被收走，他的手不自覺尋找牆壁，放慢腳步，踩踏未知的幽暗階梯。耳邊傳來毛玻璃似的喊聲，逐漸明晰，他以鞋尖試探，確定自己來到地平面。他靠牆蹲坐下來，過度灌輸的新知舊聞，像鍋不斷沸騰冒泡的濃湯，大腦深處燒到湯汁收乾似的發出滋滋焦味。當光稀釋了大量黑暗，他重回明亮統治的地下世界，這裡是滿地可市中心的地下街道，他正通往其中一個出入口。他探探口袋，掏出一千新臺幣鈔票、幾個銅板以及悠遊卡。他想起英國詩人柯立芝關於夢與真實的短文，但他手中握著的不是一朵奇異的花，而是一部沒有訊號的手機。

回到原本的生活，時日一久，他懷疑那超時空的三天，只是自己在漆黑地下街失去意識幾分鐘的妄想。他透過餐館同事打聽保羅，只得到間接友人的地址，對方也不知道保羅去了哪裡。阿志想，在這偌大的城市裡，最容易的事情就是消失，就像要藏一片葉子，只需要丟進一座森林。他在這座城市其實無事可做，有的只是重複過去四、五年的模式，賺錢花錢，一座城市換過另一座，如今再要往東，只能跳向大西洋了。

他攤開加拿大地圖，一一標出待過的地方，腦海自動閃現一些畫面，UBC博物館內的加拿大印地安人雕塑和面具，尼加拉大瀑布的雄渾壯美以及淹沒感官的潮溼，多倫多那類似滿地可地底街區的PATH迷宮，幾張面容哀戚的印地安族裔。他畫著移動路線，聯想到這幾座加拿大城市當初在十七世紀建立時，幾乎都是皮革、毛皮的交易站，倒楣的印地安人部落，就這樣接連遭殃，走向衰蔽。那個年代，臺灣還是荷蘭東印度公司統治，同樣搜刮大量梅花鹿毛皮當作商品。歷史走到怎樣的偶然，才讓臺灣曲曲折折走上現在的道路？他沒有答案。唯一確定的是，他繼續待在異鄉，也不會找到答案。他決定測試看看，那幻夢般的超時空之旅，究竟是夢，還是他必須挺身迎接的命運。

就這樣，他出現在紐約，找上博士學位口考結束的學妹。他們一起在紐約夜半的舞廳、酒吧，和同場幾百人一起探索節奏和動作之間的韻律。到四十二街的街角觀察街頭文化，考察不再墮落的墮落街區。他懷著高燒般的亢奮，逛書店、唱片行，蒐集許多報刊，彷彿再也不會來紐約。他在活頁紙上寫了長信給她，談回臺後的盤算，談未來想投身的文化事業，談自己不能忘懷的學術。他曾在她多年後的著作中，看過一頁引述自己寫下的內容。他在一九八二年八月二十七日，從甘迺迪機場搭上回國的班機，飛往他僅存不多的未來。

---

1 海登（Tom Hayden, 1939-2016），一九六二年休倫港宣言起草者，為民主社會學生會（Students for a Democratic

Society, SDS）成員，休倫港宣言是六〇年代重要的學生運動文件，participatory democracy意思為參與式民主。一九六八年八月民主黨在芝加哥舉行大會，為表達反對越戰，許多左翼與反文化、反戰學生抗議了七天，海登是被控訴的七人之一，稱為芝加哥七人案。

蒸發

保羅換了另一個名字，與兩個朋友分別前往中美洲某個國家。這個跨國網絡，跟當年護送他到加拿大的「地下鐵道」類似。在這鬆散寬廣的網路中，有某些彼此連結的團體組織，某些人互相重疊，他們扮演通道的角色，輸送某些人離開或抵達，就像鐵道員。

保羅更換的名字在這個敘述中沒有特別意義，所以接下來還是姑且稱他為保羅。他跟兩個朋友在當地首都的旅館碰面後，自稱是六〇年代的美國民謠團體「彼得、保羅與瑪麗」。旅館住滿各地來訪的學者、人道救援組織工作者，他們混在其中一點也不顯眼。保羅的西班牙語程度只夠打招呼，必須依賴那兩個朋友，但他們各有分派的任務在身。

這個經歷漫長內戰的國度，折損了五萬條人命，六十萬人流離失所，唯一完整的柏油路鋪設在元首官邸前，就連數年前大地震後的殘屋敗瓦也只能放著不管。能夠稍微運作的那些公司企業，全掌控在被推翻的大獨裁者家族。

彼得開玩笑說，革命前，這裡的人從搖籃到墳墓，都牢牢被一家龐大的家族企業控制，人民連員工都不是，他們只是一堆等待消耗的原物料。彼得參與新政府發起的疫苗接種計畫，由海內外醫療人員和大學生組成的醫療團隊，深入這個時不時有地震搖晃的國家，到處設置衛生站施打瘧疾、黃熱病疫苗，做各式各樣公共衛生宣導，在學校、教堂、工廠、莊園問診，打針開藥。彼得因此被暱稱為Dr. Píldora（藥丸醫生）。

瑪麗則是在咖啡園、棉花田努力學習當個採收工，然後帶領一批大學生教農人、工人們拿筆寫字，先是自己的名字，再來是家人的名字，還有許多數字。保羅在製糖工廠協助政權轉換後的經營管理，他也到現場幫忙砍截甘蔗，確保撕裂機、壓榨機、鍋爐、澄清槽、結晶罐、分蜜機這些機具正常運轉。

除此之外，他打算弄清楚，那團盤踞在邊境地帶，由前獨裁政府軍和美國中情局共同支持的反革命勢力組成。他聽說，其中好幾個軍官曾到臺灣進修，也有臺灣的軍官到中美洲國家當政戰顧問，分享「反共」經驗。保羅推想，那樣的網絡，是否就跟讀MBA的商管人士差不多？——到那些研究班上，重點不是學到什麼知識、技能，而是建立彼此的連結，構成一個跨國系統，互通有無。所謂的「反共」國家聚集在一起，分享的是如何擊敗共產陣營。

冷戰雙方都在做一樣的事。保羅無法像美國朋友那樣自嘲中情局的醜惡行徑，也無法像某些白人抱著殖民歷史殘留的歉疚感來追求救贖。儘管他們這麼多人，前仆後繼來到這個殘破國度，與這裡的民眾一同揮汗建設，看起來都頗像實踐人性光輝的人權鬥士。

彼得、瑪麗在每月一次的聚餐中，帶了名叫羅哈斯的軍官來跟保羅認識。沒穿軍服的羅哈斯，一身短衫、牛仔褲的普通工人裝扮。當他哼著「甜蜜蜜，你笑得甜蜜蜜」握手致意，保羅眼睛都睜圓了，接著對方以生硬的中文腔調說：「你好，我是羅哈斯。」保羅頓了一下，正想著該如何應答，對方改用帶西班牙語腔調的英語說其實他只記得這句中文。但他常常聽 Teresa Teng 的唱片，每次聽，像是她在空氣中紡織，紡出細細柔柔的絲線，纏繞你的耳朵好幾天，這樣就可以暫時忘掉外面世界在發生的事。瑪麗介紹羅哈斯曾在前獨裁政府的情報部門工作，不過他實際是臥底。

「我可能表現太好了，前幾年居然還被送去臺灣受訓。聽過 Fu-Hsing-Kang？」羅哈斯試著反覆用抑揚語調發那三個音節，保羅在腦中搜尋類似的發音，好一會才想到那單位。思緒拉回他入伍在鳳山步校受訓，他常到陸軍官校找老謝聊天。老謝那時套用凱薩大帝的名言，宣稱自己到軍校教書是「我來，我看，我教育你」。他當然知道老謝一個政治學碩士到軍校教政治，圖的是什麼。後來老謝的老師基於安全考量，勸他快快離開軍校。保羅到了美國輾轉得知，老謝和他的老師一共三名師生因叛亂罪被抓了。保羅至今無法確認，他們的被捕，是否跟他介紹的印刷廠有關。

「我在臺灣兩個月，吃好睡好，你們軍隊安排不少參觀行程，我們還去了離中國很近的兩個島。」

「我在馬祖的小島當過兵。」保羅想起有段時間他半是無聊、半是好玩，在島邊碉堡旁的地下隧道，點著蠟燭，獨自練槍射擊。

「我們參觀過那裡的地下坑道，像迷宮。不過我實在受不了那種陰暗地方。說真的，你們政府統治得不錯。軍隊看起來整齊有精神，至少你們的制服都很乾淨，也沒補丁。營區整理得簡直像度假村，我都想留下來了。」

「為什麼不？」

「我得回來顛覆政府啊，可惜。」

「你在臺灣學了些什麼？」

「我想想，嗯，大概就是中華民國為什麼撤退、中華民國為什麼存活下來、中華民國為什麼發展到現在這些吧。讓我們看看你們政府怎麼對付共產黨，怎麼贏得人民的心，像是要利用電視、電影、廣播、報紙雜誌這些宣傳國家的建設成績，教育人民愛國之類的。」

「你相信？」

「本來不太相信。不過我在臺北的電影院，見識到觀眾真的會起立唱國歌，實在印象深刻。而且每次從北投到市區參觀的時候，我都覺得，他媽的臺灣政府做得還真不錯，人民都像溫馴的綿羊。回到這裡以後，我更加這麼覺得。我差點也以為自己是忠誠愛國的公務員了。幸好沒多久，我們就趕走那一家人了。不然我可要天人交戰。」

彼得後來說，羅哈斯在內部有點爭議，有人說他是雙面諜，看哪邊有利就倒向哪邊的牆頭草。瑪麗補充，傳說他在前政府做事時，刑求過游擊隊員，也嘗試暗殺其中一個游擊隊幹部。他說自己只是在做必要的掩飾，不能露出破綻。保羅只是聽，默默抽著菸。

幾個月後的某天，羅哈斯邀請保羅到家裡。保羅到的時候，已經有另一個華人坐在他家特地收購來的紅木太師椅上，用吸管喝著瑪黛茶，播放樂曲是鄧麗君唱的〈何日君再來〉。

羅哈斯介紹楊少校給保羅，說是當年在臺灣受訓時的講師。楊少校與保羅先以英語交談，之後說起國語。保羅講了一套屬於另個名字的簡略背景，楊少校則說自己暫時派駐在鄰國的軍事顧問團，趁回國前與幾個「校友」聯繫敘舊。

保羅覺得羅哈斯真是膽大，竟然邀來國民黨軍官。隨即想到這恐怕是個陷阱。他的手心微微淌汗。保羅故作鎮定與他們談話，假裝出國多年對國內近況不甚瞭解。他們談起近幾年的中南美洲局勢，英語夾雜西語，楊少校甚至感嘆幸好雷根政府反共立場堅定，不然要我們出錢幫忙反抗軍、培訓軍官，這個算盤可不好打。羅哈斯開玩笑，美國人無所不在，但在每個地方都需要跑腿小弟才能做事對吧。

他們聊起一個兩年前來過這裡的美國女子。楊少校說，那個琳達啊，在美國還是不太安分，整天跟那群臺獨分子攪和在一塊，挺煩人。羅哈斯回，美國人嘛。他們對世界其他地方總是有很多意見。他們接著聊起鄰近國家的校友近況，不少人似乎位居政府或軍隊高層，彼此間因為共同的語言，也互通訊息。保羅勉力旁聽，想著這打著「反共」旗號的研究班網絡，豈不是也有點像他近二十年來參與的人權地下網絡？只不過他們是比較黑暗的版本。

他聽到一些校友名字，比如在薩爾瓦多率領行刑隊的 Roberto D'Aubuisson，前兩年幹掉他們正在舉行彌撒的大主教，現在貴為薩國制憲議會的主席。保羅愈聽愈暈眩。聽命於老大哥行凶殺人的小弟，雙手同樣沾滿鮮血。然後他們談到另個校友的名字。

他啊，現在逍遙得很。

怎麼個逍遙法？

他呢，我用從美國人那邊學來的審問方法，一次電一邊的睪丸，讓他感受到精確的疼痛，讓他清楚知道自己的處境。

楊少校給逗笑了，我說真的，幫我問候他。

羅哈斯微笑看著楊少校，沉默。保羅發現自己似乎忘了呼吸，鄧麗君的歌聲包裹著客廳。

喔對了，那傢伙最後聽到的聲音就是Teresa Teng。羅哈斯想起來似的補充。

保羅不記得自己怎麼從羅哈斯家離開，又怎麼睡著的。像是喝酒喝到斷片，他只要認真回想，太陽穴附近就會蔓延到眼窩疼痛起來，有根扁鑽從深處不停捅的錐形的痛。

他照常做著工作，練習西班牙語，維持每月一次跟彼得、瑪麗的聚餐，他認識了更多外國朋友，人們來來去去。接壤鄰國的邊境，不時有前獨裁政府和美國支持的反革命組織打游擊戰，新政府在意圖兼顧社會主義與民主制度之間游移，他們掙扎著辦選舉，同時應付反革命勢力。直到保羅離開，包括彼得、瑪麗也都沒再見過羅哈斯。羅哈斯就像保羅睡醒後始終想不起細節的夢。

保羅回到滿地可，繼續生活。有段時間到安大略省的森林中，舉著鏈鋸清出林間路徑或修剪伐下的大段原木。保羅聞著木屑噴灑的木料味混雜機油味，雙手感受砍削枝幹的震動，看一棵棵幾十年上百年長成的厚實巨木，經過一番砍伐，倒臥在著陸區。他們就會像群松鼠一擁而上，想辦法綑綁、裁切，好運走一塊巨人的大腿骨。

有時保羅種樹，也難免想到植下的數百株樹苗，多少年後，會有另一批人類前來砍伐。脫下工作服的保羅，保持距離關心家鄉。他固定聯繫的好友，時不時轉來黨外報刊，或各個海外臺灣人團體的通訊資料。每當他收到來自臺灣的報紙，總饑渴得像要吞下每一個方塊字，連分類廣告都不放過，一一檢閱。那些寫著業別、工作內容、待遇、地點的廣告，似乎可以在他腦中拼湊出一個臺灣當代社會變遷快照。遇有難得在加拿大華埠上映的臺灣電影，他總忍不住進場，希望藉著鏡頭中帶到的場景，看一眼家鄉近況。儘管瓊瑤小說改編的「三廳」電影總是讓他失望，但在他跑了一趟中美洲回到加拿大後，開始感到有些電影不太一樣了。

好比說描繪澎湖年輕人到高雄闖蕩的那部電影，他特地請人拷貝錄影帶，反覆品味裡面拍攝到的城市街道、路邊行人的神情、交通工具上的那些乘客。電影裡，主角被騙到工地高樓看兩百吋大銀幕的定格特寫，好像不是他在跟著鏡頭俯瞰城市，而是那座城市在遠遠凝視著他。

他意外發現，可能是前幾年認識的那個阿志寫的文章，出現在爭取臺灣山地同胞權益的刊物中——現在要改稱為「原住民」了。他也輾轉讀到那位跟他同年的左翼作家創辦的報導文學雜誌。雖然不是每一本都能順利讀到，但那同樣觸動他想深入瞭解家鄉現況的心思。從這些小小的取景窗，他看到的是一個正在反省的社會，不畏懼看見自身醜惡與陰暗，也許有機會蛻變成更好的模樣。

但他內心的批判此時會跳出來潑冷水：有時追求更大的善，往往也會逼出更大的惡，不能過於天真樂觀。這些抽象的、不斷辯證的思緒，時時絞纏，像貓咪玩弄的毛線球。這時他就會出門走路，在街道中穿行，讓腳與土地頻繁接觸，消磨那些過於茂盛的雜亂思路。這種時候，保羅偶爾會想，要是他當年繼續以原本的身分活下來，是否也會在某間美國大學任教，是否也會娶妻生子，擁有一個普通人的生活？他清楚知道，這些幻夢早在他當初行動前，仔細思考行動的意義，跟好友激辯並說服他們不得不行動的理由，選擇隱瞞女友之時，全部化成泡影。他就像那些警察洶湧撲向他那般，懷著死志撲上命運。

他本以為自己會死，卻僥倖活了下來，甚且在那座大墳墓般的拘留所，結識懷有同樣世界觀、批判視野的同道。當他改換身分，以另一個人的角色設定活在異國，他也不是沒有機會去當一個丈夫或一個父親。但真的可能嗎？思考過度的毛病始終像一道閥門阻止他。如果他必須帶著隱藏過後的自我進入一段關係，那麼這段關係終究會在不經意間壞毀。如果是「地下鐵道」裡的朋友，或許他可以坦誠一些。

前些日子，瑪麗從中美洲來滿地可找他，他們一起窩在他租來的印刷廠地下室房間度過感恩節。他不介意瑪麗跟彼得有過一段，瑪麗卻不置可否。

保羅領著瑪麗在滿地可金碧輝煌的地下商場，一個櫥窗逛過一個櫥窗，一杯咖啡喝過一杯咖啡，待在抬頭望見頂上風雪亂飄的中庭，被或上或下的電扶梯包圍，閒坐在長椅上，一人叼著一根菸，靜靜聽著噴水池的循環水聲。

保羅，你知道我在這裡看到什麼嗎？

噴水池？電扶梯？很多人？

西方白人建立的文明。看看這裡，到底是哪個聰明的渾球想出這麼棒的點子？冬天太冷？好，我們挖一個地下城市，大家就可以在這裡溫暖地逛街消費，買一大堆根本不需要的商品。那些商品根本不是這裡製造的。因為我們了不起的跨國企業會到臺灣、韓國之類的地方，壓榨那邊的勞工，順便汙染那邊的土地。而我剛離開的那個國家，首都還有十年前大地震後沒有拆除的危樓，他們卻只要有東西吃就滿足了。

保羅點頭贊同。

我在來你這裡的路上想了很多。就算我在那裡教人讀書寫字，摘咖啡豆的速度變快很多，我還是只能看著那些咖啡豆被低價收購，賣到歐洲或北美，變成連鎖咖啡店的飲料。而去那些連鎖店的顧客甚至常常不喝完。我在飛機上，看著空服員回收那些紙杯，突然覺得好空虛。我覺得自己好像都做錯了。我在乎環保，在乎公平正義，但世界他媽的並不在乎。

保羅沒說話，只是陪著吞雲吐霧。一些當年拒絕越戰徵召的朋友，這幾年陸續回到美國。像是集體罹患的時代熱病，在多年後總算痊癒似的離開加拿大。有些人帶著破滅的想像，回去當一個中學教師，去做各種勞力工作。有些人則在破裂的婚姻關係中，找到一份非營利組織的工作，以剩餘的心力貢獻於一個簡明的課題，可能是水資源，可能是重金屬汙染，可能是印地安人的權益。他見過這些人的疲倦面容。

彼得問過我，你為什麼離開。我要他自己去問你。他有來問嗎？

保羅搖搖頭。

我想也是。

那一刻，保羅覺得眼前的瑪麗可能在眨眼之間碎成一地。

套用瑪麗的話，她在滿地可的兩星期是把自己撿回來。保羅陪著她到處亂走，有時只是待在保羅的住處，還有一次拜訪瑪麗的朋友。她跟瓊很久沒見了，瓊跟大衛在六〇年代末來到滿地可，他們的十年婚姻，結束在大衛獨自回去美國。

瓊泡了茶給他們，在餐桌邊，她點菸，吐了口氣，悠悠說他們這是政治婚姻。社會運動的激情過後，漸漸發覺彼此並不適合。大衛實踐信念拒絕徵召去越南，但來了這裡卻發現沒多少事情可以投入。他那膽小鬼不可能跟FLQ去丟炸彈。他是那種，可以說是智庫型的人吧，給一些有趣的想法還行，實際行動就有困難。在我們尋覓著能夠做些什麼的時候，突然間，七〇年代來了，世界瓦解了，我們脫離原本的運動脈絡，只能夠面對自己。聽起來很可怕吧。在這屋子裡，沒有阻隔，沒有屏障，也沒有其他轉移注意力的東西，我們只能生個孩子了。後來的發展完全可以預料。當你是為了這種理由生小孩，你只是多拖了一條生命進入可悲的生活裡。我們在這屋子裡，依然沒有阻隔，沒有屏障，更慘的是，還有小孩無休無止的哭鬧聲。養育新生命相當磨人也讓人重新審視生活，只是大衛不像我這麼投入在小孩身上，他總是想在外面做點什麼。

保羅回想那個下午，外頭飄著點點雪花，他跟瑪麗沒說幾句話，幾乎都是瓊在講話。總結起來就是，他們當年太天真，以為世界真有可能在他們的行動下有所改變，邁向更好的未來。瑪麗回到保羅住處後，跟他說：嘿，我很高興知道這婊子過得不好。然後她抱著保羅嚎啕大哭，喊著糊在嘴裡的字眼。

保羅抱著她，輕拍她的後背，哄嬰兒那樣，哼起「嬰仔嬰嬰睏，一暝大一寸；嬰仔嬰嬰惜，一暝大一尺」，瑪麗一直在他懷著，好像很安全，很自在。保羅像怕不小心弄壞易碎物那般，放她躺在床上，關掉燈，頭上傳來咻咻風聲，輕叩氣窗門框，讓室內的黑暗更濃稠。

保羅第一次有了講述的衝動。黑暗中，他娓娓訴說著成長過程的往事。說到他如何成績不好，到處轉學，遇到本省人老師勸他好好讀書，他漸漸學會戴上陽奉陰違的面具。說到他去美國前，一向認真做事、當著自來水廠工程師的父親，被扣在調查局拘留室。他趕回家，發現不同政府單位的人都來遞名片，宣稱他們有辦法解決問題。父親還沒能回到家，他卻得飛往美國了。因為他得拿美國那邊的獎學金，幫忙父親還罰金。二十年後，他才明白鄉愁不是離開一個地方就會產生。鄉愁是燜一鍋粥需要的時間，是等待米心燜透了爛了，掀鍋之後揚起的蒸氣，讓你雙眼一熱，難以承受。

他為什麼決定做那件事？因為他就跟同代人一樣，受到激情樂觀的驅使，也受到理念行動的遮蔽，他覺得必須要做。他跟住在紐約市的妹妹、妹夫、同鄉四人小組討論策略。他跟妹夫趁著出遊的空檔，在僻靜海邊對著可樂罐練習射擊。他思考了非常多，還跟從事社運的好友論辯，證明自己不得不為。但也許想太多行動背後的意義與價值，想太多關於沒死被捕後的發言，卻忘了該仔細確認槍枝來源，也沒想到要拿剉刀磨掉槍枝編號。

他永遠記得那個殘忍的四月。當日陰雨霏霏的紐約，他跟妹妹假扮情侶，按照模擬的路線從五十九街繞往飯店後側的巷子，沿著飯店的亭仔腳走往飯店門口。沒想到飯店後側在整修，有群工人擋在路中，他們只好快步多繞大半圈。他記得妹妹從皮包遞槍給他時，最後的擁抱觸感。他獨自奔赴他的命運。

設想那麼久的行動，實際做來只有幾秒鐘。他衝進飯店門口前的人群甬道，見到相距幾公尺的目標即將走入旋轉門，他迅速舉槍，被一旁的警探飛身往他手肘一托，擊發的子彈打在旋轉門上，距離彈孔只有十幾公分的目標遁入飯店內，他隨即被接連撲上的警察壓制。被扣住雙手且擒抱在地的他大喊「Let me stand up like a Taiwanese!」，後腦勺被一隻手掌抓住頭髮，他站了起來。不遠處急急跑來查看的妹夫，被警衛棒打頭部流血。行動就這樣收場。

保羅和妹夫一同被捕後，經在美鄉親捐款、抵押房屋，付出鉅額保釋金，陸續獲釋。審判長達一年的時間，保羅想了更多，也跟社運同志商討，他明確知道，理性上他要潛入地下行動，捨棄掉現有的身分。但在情感上，特別是他到妹妹、妹夫家，陪伴兩個姪兒女玩耍的時候，愧疚總會閃現。

他知道熟讀 Betty Friedan[1] 的妹妹足夠堅強，也絕對夠獨立自主，卻不確定後續的試煉是否會令妹妹受苦。他跟妹夫討論過各種應對方案，妹妹總說她不用瞭解得太詳細，只要他們安全就好。最終他們選擇各自棄保離開。妹夫到洛杉磯借了朋友的護照飛往瑞士，他則在三個同鄉密友的協助下，轉入「地下鐵道」去加拿大。他並不希求諒解。他以另一個身分，遙遠地關心妹夫之後幾年在各地坐牢、審判的報導，妹妹帶著兩個小孩一路救援的奮鬥。妹夫坐完美國的牢，回到瑞典隨即跟妹妹分手。

他旁觀這場個人生命的轉折，就像聽聞這個那個當年一塊參與社會運動的男女友人，時代的布景撤換之後，他們終於發現彼此的追求並不適合演出同一齣戲。一如任何組織到了某個階段，總會出現路線爭議。事件往往促成團結，也逼出分歧。他也知道，在多年重述事件始末的歷程中，妹夫逐漸發展出完備的自我詮釋。妹夫確實在那幾年，經歷曲折的跨國引渡、絕食、人權組織救援，不停登上各國新聞版面，讓他們當年的行動打開更多議論空間。但就像他親歷的六〇年代後半，炎熱的自由之夏過去了，蕭瑟的秋天、嚴寒的冬天也要到來。

保羅坐在漆黑的房間書桌旁，望著瑪麗安然睡去的身形，回憶的抽屜自動抖落零亂碎片。好比說那個叫阿志的年輕人，心臟開過大手術，居然喜歡搭遊樂園裡的雲霄飛車。

他記得阿志說只有搭一趟那玩意，才能扎實確認心臟的跳動。他幾次進到那巨大的遊樂園幫忙維修園區機器或修剪植栽，簡直無法想像人類怎會想出這麼多酷刑折磨自己，而且還稱之為「樂園」？他光是看著劇烈起伏、扭轉的軌道曲線就感到腿軟。也是這些不相干的瑣事，提醒他自己仍是一個普通人。他只是恰好在一個不平常的時刻，做了一點不平常事情的普通人。

瑪麗打算從城裡搭巴士經佛蒙特回紐約。他們在候車大廳時，瑪麗說，真奇妙，當年就是我陪你搭車來到這裡的。現在我才覺得完成任務。這種遲到的感覺，還真不知怎麼形容。保羅回說，當年妳忙著拯救世界啊，還有很多地方要去。瑪麗感嘆，真是去了不少地方啊。保羅目送瑪麗上車離去。他再次回到那個借來的名字裡，一個人生活。

保羅當然知道，多年來有各種圍繞著他的傳言。例如他早就被國民黨特務暗殺了。例如他去了北京或智利，因故死在當地。這些不會困擾他。他早學會把那個棄置的名字區隔開來，從一個旁觀者角度遠遠觀察。那些謠言沒有扎根的土壤，維持不了太久。何況家鄉似乎正在快速變化著，一直往前衝，種種禁忌都在鬆動，選舉也愈來愈多。

家鄉的獨裁者在他行刺失敗的十八年後死去，世界同樣快步向前，東亞的獨裁政權接連轉型，東歐共產鐵幕逐漸崩解，柏林圍牆倒塌，接著是蘇聯解體。這一切快得讓他目不暇給。這期間他常常餞別社運結識的各國友人，他們都想回去貢獻一己之力。也在這期間，他談了幾段感情，到歐洲見識時代這本大書翻過的新章節，順道探望新朋舊友。他的父母親歷經多年情治單位的監視騷擾，總算在縝密安排下，出國與他在旅館祕密會面。儘管他一直知道父母大致還好，實際見面還是難忍激動，直到凌晨四點依然無法入睡。他鑽上父母的床，擠在兩人中間，像是幾十年前還是幼兒的睡法。那時世上只有他們一家三口，弟弟妹妹還沒出現，夜很長，他們睡得很安穩。那是他第一次感覺回了家。

送別父母，回到他在滿地可的家，客廳那尊朋友參酌他母親相片雕刻的觀音像，似乎比平素更為安詳、靜美。他知道母親長年的早課，就是誦念著大悲咒、金剛經為他祈福。他也知道，母親希望他能照著做，迴向自己。他的理性思考往往讓他無法持續，倒是當時的女友特別虔誠，日日焚香回應。他出外的日子還在延續，但思緒不時跳出父母的衰老容顏和凋萎身軀，像是提示，像是信號，如那首海外臺灣人愛唱的「叫著我，叫著我，黃昏的故鄉不時在叫我」。他得趕在更多的懊悔湧出之前，啟程動身。

保羅回到臺北，揮別交通黑暗期的市區，正在適應或高架或遁地的捷運路線。他走在年輕時常去的國際學舍舊址，那裡連同一大片眷村已變成稀疏的森林公園。路上人車的擁擠密度，混濁空氣，令他回想不起三十多年前的城市樣貌。他的頹圮再毋須擔心家鄉有人認得。在這陌生城市，保羅不叫保羅，他是個不存在的人，沒有身分證，沒有健保卡，沒有戶籍。或許他早在一九七〇年就沒能逃脫。他擊發的子彈穿過蟲洞，成功刺殺自己，從此借用了另一個我。他深深潛入那個我長達二十五年，像是長年臥底的間諜，用盡一生心力執行任務。

直到有人對他喊了任務終結的密語。

---

1 傅瑞丹（Betty Friedan, 1921-2006），一九六三年出版的《女性迷思》（*The Feminine Mystique*）被認為是六〇年代女權運動的經典著作。

漫遊

馬面再次來到電影院，準備看那部一百四十二分鐘的科幻電影。他習慣到退役學長開設的戲院，圖的不是人家免費招待，而是想著錢要給自己人賺。他從不主動占人便宜。

他總是向售票口附近的小販買包鹹花生，到販賣部帶瓶蘋果西打，慢悠悠走向戲院驗票口。那條通往影廳入口的短短廊道，醞釀著期待，接下來就進入漆黑的影廳，入座，等待正片前的國歌樂音響起。馬面每次走在那全程不過半分鐘的過道，心底微微興奮，好像即將遁入另一個世界。電影有好有壞，全憑運氣。也許他是為了走那一小段路，才如此熱中看電影。

他不算特別愛看科幻片，總覺得那些巨大的螞蟻、蜥蜴或螃蟹假得有點可笑，只有忙著逃命的豔星有看頭。算起來，頂多就是他十多年前看過的《原子恐龍》有點意思。但這部科幻片徹底翻新他的想法。

第一次看完，他整個人大受震撼，在座位上閉眼回味方才流過眼前的影像，耳朵彷彿回響著氣勢磅礴的配樂。待到戲院人員清場，他才睜眼，回到乏味的現實，腳邊一地花生殼、瓜子殼。為了確認，他一再回到戲院，想理出自己為什麼反覆回來。這是馬面第六次觀賞這部電影。他不曾看同一部電影這麼多次。那種感覺，或許跟他兒子每次到圓山兒童樂園，就吵著要搭摩天飛車一樣。兒子最初什麼都玩，玩過一輪後，再不玩別的遊樂設施，專門玩摩天飛車。上去轉過幾圈，下來還要排隊繼續上去玩。

影廳燈光漸暗，唱盤刮擦聲響起，眾人肅立，聆聽國歌。燈光全暗，正片開始。銀幕一團漆黑，激昂樂聲流洩而出，鏡頭緩緩移動，地球、月球和太陽形成一線。馬面算過，到第一幕啟始前，正好三分鐘。猿猴出場，遠古荒地，殘骸四散，不同群的猴子爭奪水源和食物，還要抵抗猛獸和惡劣氣候的殘酷考驗。牠們過著日復一日的生活，生生死死。

直到某群猿猴接觸到一塊光滑烏黑的大石板。那板塊線條，方正得絕非蠻荒時代會有的東西。觸摸黑石板的猿猴似乎有了變化。有隻猿人突然領悟到可以拿獸骨當武器，牠興奮吼著，將手中那支長長的獸骨拋向空中。

電影到這裡差不多過了二十分鐘。沒出現任何臺詞。馬面初次看，以為是默片。一個瞬間，空中旋轉的獸骨，轉場到外太空旋轉的太空站。此時音樂極為優雅，宛如歐洲王室的貴族舞會，眾人整齊一致跳著轉圈圈的交際舞。

接著是他最期待的一幕：飛行船上飄浮的鋼筆。體貼的空中小姐細心捏住那支鋼筆，插回熟睡乘客的胸前口袋。

他看了兩三次，才理解，這部電影跟其他科幻電影的最大差異，在於步調。它如此緩慢、安靜，每個鏡頭又長又慢，似乎要讓觀眾細細品味畫面的繁複細節。它也不急於說故事，開展情節。正是這樣的節奏，他會記起，對啊，外太空是真空狀態，溫度低到無法想像，而聲音必須透過空氣傳播，所以外太空應當是無聲的。

馬面看完第四次，本以為看夠了。跟著大家追完阿波羅十一號的登月轉播，馬上又奔往戲院看第五次。他想重看電影出現月球場景的片段。他待在座位上，看佛洛依德博士搭太空飛機到太空站，再轉乘飛船到月球的克拉維斯基地。他們身穿銀色太空裝在公車般的飛行船裡吃三明治、喝熱咖啡，窗外是崎嶇起伏的隕石坑，簡直像在月球實景拍攝。

博士一行人抵達第谷坑，原先深埋在四十英尺下的黑色大石板昂然矗立著。就跟片子開場那塊猿猴發現的黑石板一模一樣。有點耐人尋味了：那麼，現實世界的登月太空人，是否有見到那塊黑色石板，或其他疑似外星高等智慧生物留下的物件？

馬面想到，外星人在四百萬年前的地球、月球都放了黑石板，大概是某種警報器或防盜鈴的意思。這倒聰明。從外星人的角度看，如果人類科技沒有發展到能在月球發現這玩意，那就表示不用理會。若人類能靠自身能力發現黑石板，說不定就有接觸的機會。至於外星人的用意是什麼，就不是人類能夠設想的了。有可能像大多數科幻片那樣，外星人要來奪取地球；或許，外星人只是想交個朋友，在很多星球放了這類玩意。

據說整個銀河系類似太陽這樣的恆星超過一千億個，就統計數據而言，人類絕不可能是唯一的智慧生物。在現今人類無法抵達的遙遠所在，應該還有許多領先或落後於人類文明的存在。

他幾次重看電影，常常思考這些大哉問：人類在宇宙中的角色是什麼？地球的外面有什麼？人類有可能跟外星人接觸嗎？

銀幕影像，來到倖存的太空人駕著飛船，穿越許多無以名狀的絢麗空間，突然在一個發亮的飯店房間醒來。身著相同橘紅色太空裝的太空人，從面罩中顯露滿是皺紋的容顏。詭異的畫面接二連三。馬面始終不確定那是什麼意思。直到片尾，一顆包裹人類嬰孩的泡泡遊蕩在外太空，遠遠看著藍色地球。又是一段沒有對白的時間。

他算過，整部電影有臺詞的時間總長不超過四十分鐘，其他都是影像、配樂和呼吸聲、機械音，以及大片沉默。有時看到最後，他陷入半睡半醒，那似乎不像在看電影，而是跟銀幕上的角色一同漫遊太空。

所以他特別好奇，真正上過外太空乃至登月的太空人怎麼看這部電影。機會很快降臨。他的一個工作員按時翻看美國報刊，整理情資，赫然發現登月第一人即將在這年年底跟著一團演藝人員巡迴各國慰勞美軍，也會到臺中清泉崗基地。而繞行月球一圈返回地球的阿波羅十號太空人，將在年底隨美國副總統出訪亞洲，預計明年初到訪臺北。

馬面聞訊有點興奮，像是腳下正踩著那條通往戲院影廳的過道。

最後一人

尤金・賽爾南在動物園，看著名叫「強生」的猴子騎腳踏車、拉三輪車，覺得有些彆扭。他看周遭民眾著迷神情，懷疑自己是否搞錯動物園的意思，誤入了馬戲團？

尤金本來跟副總統泰德・安格紐同行，午後他們結束行政院的拜會，同車離開，下榻圓山飯店。他們的太太則另外一車，前往婦聯總會、華興育幼院拜訪。將近一個星期出訪行程下來，尤金跟芭芭拉慢慢知道怎麼把握空檔時間，自個到外面晃晃。他理解芭芭拉得勉強自己出席那些宴會場合，不過有什麼旅行比搭乘空軍二號更舒適呢？芭芭拉婚前是飛來飛去的空服員，她自然明白。

尤金在飯店房間稍作歇息。他鬆開領帶，斜躺在床鋪，正對著電視機，螢幕反光映照一道淺淺人影。尤金閉眼，想起在馬尼拉，跟馬可仕總統一塊打高爾夫球的愜意時光，回味著奮力揮桿、輕巧推桿的手感，以及站在果嶺只想著打球的專注。愈想愈心癢，想立刻起身出門打他個十八洞。但臺北的高爾夫球場在哪？該找誰才能在這個短短空檔抵達球場？他知道沒幾個人能拒絕阿波羅十號太空人的請求。

尤金考慮一會，打了電話給大使館。稍後，有輛轎車出現在飯店門口，送他到城市西邊的臺北高爾夫俱樂部。司機告訴尤金，請盡量低調，把握時間。尤金踏上鏤空樓梯，會館頗有鄉村俱樂部氣息，高挑空間採用大面玻璃帷幕，視野開闊，果嶺起伏在不遠處。他戴上手套，暖暖肩膀，拎著球桿，準備下場大展身手。

他一踩上草皮，架好小白球，扭身全力揮擊，開出第一球，雨絲稀稀落落飄降。他抬頭，瞇眼看看瘀青般的天空，空氣潮溼，即將滲漏更多雨水，只得敗興回到會館內。在練習區，他抱怨似的揮過一桿又一桿，手感火燙，如果真能下場打，兩小時內打完十八洞大概沒問題。

司機依約來接，他只能廢然回到飯店。一下車，猛然想到，要是芭芭拉問他下午去了哪，他絕不能回答去打高爾夫。於是他詢問櫃檯人員，附近有什麼地方可以走走。

他就這樣出現在圓山動物園，遙視那隻臺灣獼猴。強生戴瓜皮帽、穿緞面背心就像個小中國人。此刻牠踩起了高蹺，滿場遊走，觀眾叫好、鼓掌的喧鬧，讓尤金漸漸往後退。混在新年假期人潮，園區動物明星輪番演出，即使他是個顯眼的美國人也不會引起注意。

他看著強生騎單車穿過燃燒的火圈，另一隻猴子的記憶倏然跳出。那些猴子都叫艾伯特。艾伯特比他早執行太空任務，比他早飛到三百英里之上的高空。好幾隻艾伯特在實驗過程中掛了。有隻艾伯特還沒飛上天就炸成肉塊。他記得那些猴子，包在烤網似的罩衫，焊接在合金板容器，只露出被固定的頭和雙腿，像是要被射進外太空的精神病患。

獅子接續出場跳火圈，眾人歡呼直達沸騰，尤金內心閃過一絲酸苦。他想到三年前那個黑色星期五。他跟湯姆·史塔福德、約翰·楊一起在南加州的測試艙中做模擬演練。當天非常不順，彷彿能出問題的地方都出了問題。他們懷疑這具艙門難關得要命的破爛拼裝艙，恐怕連爬升到近地軌道都沒辦法。與此同時，另一組阿波羅一號的同事也在甘迺迪角做類似測試。

折騰好一陣，控制中心突然宣布中止測試。他們三個除了嘆氣什麼也做不了。再一次費力打開艙門，穿著太空裝擠出測試艙，去迎接一個噩耗。

阿波羅一號三人組被烈火吞噬。

尤金不敢置信地與湯姆、約翰面面相覷，非常可能，艙內意外走火的是他們這組。身處純氧環境，同樣困在艙門難以從內開啟的密閉空間，要是內部起火，連人帶艙，一、兩分鐘內就化為灰燼。

他們不過是另一些實驗太空猴。

若干年後他們退役，或許也該結伴做個馬戲團巡演，穿小丑裝上場騎單車、踩高蹺、跳火圈。不過此刻，他該回飯店了，傍晚還得跟蔣介石一起吃晚餐。

這僅僅是尤金生命中許多巡迴的一次。自從他們阿波羅十號完成繞月飛行任務，開啟全國巡迴乃至出國訪問的風氣，之後的阿波羅任務都安排大大小小的巡迴行程。即使倒楣的阿波羅十三號都有。太空人所到之處，宛如搖滾明星。他也因此跟許多演藝明星、政商名流成為朋友，包括副總統夫妻。

那時當了好一段時間副總統的泰德，有次在他家打撞球，就著檯面俯身推桿之際，嘴裡叮嚀他，要習慣媒體到處放大檢視你的言行舉止。「像我們一上臺就得收拾民主黨的爛攤子，怎麼做都有人不滿，所以千萬別理媒體怎麼說。」尤金明白，泰德在安慰他。阿波羅十號登月艙，曾在飛離月球上空之際，突發一陣不受控的劇烈翻滾，差點回不了地球的尤金情急罵出髒話，訊號直直從月球傳送到地球的幾百萬觀眾耳中。逼得他不得不召開記者會，公開道歉用詞不當。

泰德的邀約來得正是時候。那時距離尤金結束阿波羅十號任務半年多，世界沉浸在十一號、十二號的連續登月熱潮，他跟芭芭拉長期分隔兩地，迫切需要一起做些什麼，加溫情感。況且太空總署以為，由他陪同主理航太事務的副總統出訪，說不定能幫忙爭取更多經費。

他們在耶誕節搭上副總統專機，預計出訪亞洲十八天。每站僅停留兩、三天的行程緊湊，但夫妻倆可趁機到曼谷一遊。尤金也曉得尼爾．阿姆斯壯正隨鮑勃．霍普巡演勞軍，他們一前一後路過臺灣。接著，阿波羅十二號的成員要跑一趟全球巡迴，包括即將開幕的日本萬國博覽會。說起來，這類公關任務，從成為太空人一員就開始了。特別注重公共形象的太空總署會排班表，指派太空人輪流出去演講，在鎂光燈前現身，不斷推銷太空任務給民眾，保持人們對太空計畫的熱度。他覺得搞笑的是，通常是菜鳥在跑座談，他們沒上過太空也不清楚計畫進度，只是拿著公關講稿虛晃一招。

尤金曉得，尼克森總統上任以來，一直受到媒體批評。泰德這趟出訪的主要用意在鞏固美國的亞洲盟友，防堵共產陣營向外擴散。畢竟越共兩年前的「新春攻勢」著實讓美國吃足了苦頭。國內各種社會運動、示威抗議也在延燒，難怪泰德要說：「什麼雅痞、嬉皮、黑豹啦，還是獅子、老虎啦都一樣，我寧願用他媽的整座動物園，換回那些在越南苦戰的美國青年。」

泰德在任何場合都能亦莊亦諧。比如他們一行人抵達臺北，搭上吉普車接受十萬臺北民眾夾道歡迎，尤金和芭芭拉恍如置身巨大唐人街，無數小國旗揮舞，鑼鼓喧囂，樂音嘈雜。泰德一派從容，站在車上微笑、揮手，頗為享受。緩慢移動的車隊在一支表演著轉圈圈的小學生舞龍隊前突然停下，泰德下車跟隊員握手。周圍群眾見機湧上，紛紛伸手來握，泰德依然慢條斯理跟大家握手。車隊好不容易再度上路，才過一小段，泰德又喊停，下車跟另一支高中舞龍隊握手。這次他故作疑惑，雙手掰開龍頭大口，假裝探頭看看裡面有什麼，引起民眾一陣哄笑。

另一幕是與蔣介石的晚宴。這類官方場合，多半說些空泛的場面話，眾人客氣禮貌，談話沒有具體承諾，偶爾穿插個人趣聞。泰德邀大家舉杯致意時，注意到矮小的蔣介石，雙眼正對著身著檸檬黃低胸晚禮服的芭芭拉，視線射向她的挺拔胸部，但芭芭拉渾然不知。泰德不動聲色，也沒當場告訴尤金和芭芭拉。

隔天中午，他們登上空軍二號坐定，起飛，泰德才緩緩開口：「我看哪，尤金送月球岩石給蔣介石，也該送一隻芭比娃娃才對。越戰夠棘手了，要是芭芭拉不小心引發另一場國際爭端，我可有得忙啦。」

此趟亞洲之行，他們每到一處，受訪的標準答案不外乎：這是美麗的國家，人民非常熱情，希望能夠再來。尤金卻再沒到訪自稱中國的臺灣。他後來去過很多地方，有些記憶片段在漫漫時光中互相交融，難以區辨。好比說，當他們阿波羅十七號成員，一起站在肯亞的赤道線上合照留念，需要想像自己兩腳跨越南北半球的橫斷線。但他當下的意念不受控，飄到五百公里外，摹想象群揚塵走過一處草地，渾身沾染紅通通的泥土。烈日底下，他在相機鏡頭前，咧開嘴，遙想那些龐大、美麗的生物，緩慢走動，思緒又猛地拔升，衝上漫步過的外太空。

第一次艙外活動之初，他略略側頭，腳下的整塊加州土地依稀浮現，彷彿愛德華空軍基地、停機坪上的機翼線條也能看見。如果他仔細一點看，雲霧遮掩的肯亞，有批螞蟻大小的大象正在跋涉，若往上微微偏移視線，大約就是那條切分南北的赤道虛線。

三十億人居然都裝在眼前這顆巨大水晶球。

人類就是靠這種看似無用的腦補能力，才讓尤金來到近地軌道，俯瞰這座球體弧面。那時他有些吃力，並不像照片中的從容寫意。連接太空裝和雙子星九號飛船的維生纜線，彷若二十五英尺長的蟒蛇或章魚之類的活物，尤金得全力搏鬥，才能稍稍控制自己別像個玩彩帶的傻蛋，時而亂滾，時而被那條生命線纏繞在身。

途中，他抓住艙門把手略作喘息，渾身翻騰得隨時要吐。一想到嘔吐物在頭盔內飄浮四散，他就把嘴閉得更緊。太空裝加壓鼓脹如氣球，他像是只有雙肩關節能動的玩具兵。更糟糕的是，頭盔面罩開始起霧，而他必須在這種狀況下，飄到船尾換用火箭維生背包，斷開臍帶，成為太空自體飛行第一人。

像顆氣球飄來飄去的他，得先做完背包的三十五項檢核清單，才能打開摺疊扶手和靠背，坐定，扣上安全帶，開啟控制系統，藉著背包上的火箭噴射，遨遊太空。之前模擬演練這些程序不怎麼難，在無重力狀態卻難度倍增，還得克服活動力限制重重的太空裝。

他努力活動頭部，利用鼻頭擦拭面罩內壁，擦出一小塊可見區域，試著啟用那具展開有三乘五英尺大小的背包，坐上它。光是到這個步驟，他已耗掉大半精力和時間。待他勉力扣上安全帶，才發現自己這可悲玩具兵的雙手，根本按不到後背包的按鈕。他想，繼續坐著，恐怕是把自己坐成電椅上的死刑犯。

要是那時，他的靈魂出竅，在一旁看著疲憊、緊繃的肉身奮力執行任務，大概滿像哪個小孩抓著太空人模型玩耍。面罩霧氣始終不散，他沒能操作背包，只得放棄，重新連接臍帶般的纜線，慢慢爬回船艙。

這還沒完。尤金嘗試進艙，把軟木塞般的自己用力塞入瓶頸。艙內的湯姆出手幫忙，拗折充飽氣的氣墊船那般，卯上全力，硬把他的鼓脹雙腿塞進操控臺和座椅之間的狹窄空間。他頭盔內熱氣蒸騰，臉上淌滿汗珠、口水和淚水，視線迷濛。好不容易屈身擠入，他們仍得榨盡最後一絲氣力關妥艙門。那簡直不是在跟一扇門搏鬥，而是把伸手進來的死神關在外頭。

三天消瘦十三磅的尤金不免疑惑：太空漫步會激發迷幻狂喜？那比較像被脫水機狠狠脫過一輪。

他本以為沒機會再上去了。即使他太空漫步超過兩小時、越過三萬六千英里創下新紀錄，終究沒達成使用太空背包（造價一百萬美金！）的任務重點。雙子星九號也沒能完成對接火箭的目標。這趟任務失敗或許早有徵兆：連續兩次正式發射前的事故中止，狠狠挫傷他和湯姆的雄心壯志。他們嘴巴不願承認，內心卻悄悄瀰漫著帶衰的喪氣。

芭芭拉後來告訴他，當雙子星九號回程衝進大氣層，失去通訊幾分鐘之時，她非常憂慮、徬徨、無助，不知如何是好。這是她第一次覺悟到，他有可能回不來，天空會變成永無止盡的傷口。

尤金想，是啊，本來不該那麼快輪到的。

他原先只是雙子星九號的候補駕駛員，默默巴望著雙子星計畫結束前，有機會入選正式成員。上頭挑選任務成員，每回都推敲不出選任標準，他只能盡力跟正式成員協同訓練，盡量把事情做好，保持樂觀，也許不會等太久。

一次墜機意外，摔掉了雙子星九號的正式成員艾略特和查理。機會突然降臨。他和湯姆攜手遞補珍貴的任務位置。成為太空人之前，他沒想過這個閃耀身分纏繞著殘酷陰影。世上僅有幾十個太空人，唯有成為其中一員才知道那是什麼感覺。他們是最懂彼此難處的競爭者。水星計畫每次任務只有一人，雙子星計畫每次任務僅僅兩人，阿波羅計畫每次任務則是三人。名額非常有限。時間非常有限。經費非常有限。

唯有勝過其他人，才有機會飛向太空。除非，其他人因故飛不了。太空人是否多少都有些心理變態？總在希望別人成功也偷偷希望別人失敗。他們像鬥狗場那些張牙舞爪、滴著口涎的惡犬，彼此苦鬥，只為贏取一次綁著層層束縛衝向太空的資格。他有時甚至覺得，說不定，比起芭芭拉，蘇聯太空人更能理解他。

太空人內部如此矛盾，太空人的妻子之間也充滿張力。當他和芭芭拉站在查理的太太簡妮面前，向她致哀，幾乎不敢直視她傷戚、紅腫的雙眼。彷彿是他們為了上位偷偷做掉查理，再來假惺惺安慰簡妮。太空競賽沒有遺孀和遺孤的位置。他沒時間悲傷，必須加緊訓練，朝任務邁進。芭芭拉只能小心翼翼地關心簡妮，繼續和其他太空人之妻互相取暖。

芭芭拉很上相，總是打扮合宜，像個扮演太空人妻子的芭比娃娃。

芭芭拉說，當太空人的妻子，意味著大部分時間妳只有自己，意味著妳要獨自照顧孩子、學會修理水龍頭或換輪胎，意味著妳時時擔心丈夫的安危，意味著妳總在等丈夫電話。

所以太空人之妻的互助團體叫做「ＫＩＴ」（Keep-In-Touch，保持聯繫）。

芭芭拉說，當太空人的妻子，要在媒體前表演莊重、勇敢。記者常常要妳想像失去丈夫，想像妳成了寡婦，要如何面對缺了一個大洞的生活。妳能做的，只有跟丈夫一樣全心相信太空計畫，試著不要把家裡的通訊設備砸爛。相信妳跟丈夫都是這個大家庭的一分子，必須同心協力，計畫才會成功。

芭芭拉說，有些太太像是太空人的配件，好像非得證明太空人能結婚生子才有資格搭上火箭。為什麼不乾脆讓女人上太空，讓男人在家待著？

芭芭拉說，只要喝三杯血腥瑪麗加上兩顆鎮定劑，我什麼都做得到。

他深信不疑。

他最早認識的太空人之妻不是芭芭拉。他從普渡大學 Phi Gamma Delta 兄弟會宿舍室友，認識一個跳水上芭蕾的女生朋友，叫珍妮特。他們像大學時代的疏遠朋友，偶爾在某些場合打照面，彼此聊上幾句。他沒想到，性格剛烈的珍妮特後來會和淡漠寡言的尼爾結婚。珍妮特在雙子星八號任務出問題之時，衝到太空總署發飆，因為他們無預警關掉給她旁聽的內部通訊器，不讓她知道尼爾遭遇的突發狀況，也不讓她進入太空任務管控中心。他猜想，如果換作芭芭拉，搞不好她就抓起一把鐵鎚，直接砸爛管控中心的門鎖。

他有時好奇珍妮特和尼爾平常說些什麼。但只要認真一想，就難以想下去。太空任務很難，跟太太相處也不容易。好多次，他跟芭芭拉到某個聚會，主人介紹他，賓客歡呼，接著介紹「尤金的太太」，沒有名字的賽爾南夫人露出公式般的笑容，答謝似的笑著。

芭芭拉說，那些人以為嫁給太空人是走運，我只是白白享受先生光環的蠢花瓶。

芭芭拉大多能撐到回家路上，才跟他抱怨不想花時間，從頭到尾待在一個假得要命的餐會陪笑，一次次禮貌回答那些自以為聰明其實重複到爛的提問。有一回，某人問起：「尤金即將登月，身為他太太感覺如何？」芭芭拉以極為優雅、悠緩的口氣答：「如果你覺得登月很難，不如試著待在家裡？」

那或許是玩笑話，在場的人確實笑了。只有他聽出另一層意思：每當他去訓練、出任務，芭芭拉就得在家，無止盡地在家，這也是一個艱鉅任務。芭芭拉恨透了他們被當成宴會主人炫耀的禮物。她甚至問，要不要在自己身上綁個緞帶蝴蝶結。

要是當年多花點時間陪芭芭拉，那段婚姻會不會走得長一些？但他那時拚命爭取阿波羅十七號的位置，日日泡在任務模擬器大量訓練，好讓上面的人知道不能跳過他。訓練之餘，擔憂錯失最後一次登月任務的焦慮，幾乎淹沒他。他有時呼吸困難，不知哪裡才是出口。所以有人邀他去打高爾夫名人巡迴錦標賽，他迫不及待擦拭全套球桿。有人約他出外打獵，他馬上背起獵槍上路。他也每週花幾小時陪女兒練習騎馬。

這些場景沒有芭芭拉，而芭芭拉本來不喝血腥瑪麗。

他回想，就算那麼用功訓練，也找到辦法適時紓解壓力，仍舊差點去不了月球。十七號任務組員未定時，一場直升機墜毀意外，令他險些喪命。他那時獨自駕著直升機，單純想發洩情緒，玩玩花式把戲，來個超低空飛掠，沒想到判斷失準，機身劃過河面之時，一邊起落架扎進水中，河流宛如冒出一隻巨掌捏住直升機，驟然拖進水面。他沉入水中，腦中閃過那些意外死亡的太空人同事，以為自己也要加入他們了。他憋氣，迅速解開駕駛座安全帶，小心避開機具殘骸，浮出水面，整條河都在燃燒。他幸運獲救後，特地留著那頂散發焦臭的飛行頭盔，觸摸表面燒融的痕跡，告誡自己萬事小心。

他還是在十七號任務發射前一個半月，打壘球弄傷了右腳。他恨自己的愚蠢。那不就只是一場輕鬆的友誼賽？為什麼要力求表現，把一支二壘打跑成三壘打？他發力衝刺跑過二壘，右腿卻冷不防被猛砍一刀似的火辣劇痛，立刻翻滾倒地。他腦海第一個浮上的念頭是「完蛋了」。天空廣闊，雲朵疏淡，球場不遠處矗立著三十六層樓高的農神五號火箭，冷冷俯視這場受傷鬧劇。

他只能祈求那條撕裂的肌腱趕快恢復，同時不斷說服其他人相信他的右腳沒大礙。儘管他根本無法走路。主治醫生幫他處理腳傷，溫言安慰，為他補充信心。太空總署的主管問起他的腳傷，醫生就幫著謊稱這沒什麼，沒看起來那麼嚴重，很快就會活蹦亂跳。沒事沒事。

對了，那陣子還有前列腺感染。同樣是那位體貼的醫生，一如先前安慰他的腳傷那樣說，這沒什麼，趕快處理好就沒事，絕不影響登月任務。接連幾天，醫生幫他祕密治療。醫生使出極為細膩溫柔、指法極其高明的前列腺按摩。他好幾次忍不住，喉頭發出含糊的呻吟。

醫生囑咐他，出發前這段時間，飲食盡量清淡，嚴禁喝酒、茶和咖啡。醫生停頓，看了他一眼，然後說，要多多做愛。他心想，這哪有什麼問題。唯一的問題是芭芭拉跟他中間隔著一整個美利堅合眾國。

芭芭拉這時已能一次喝三杯血腥瑪麗。

他耳邊迴盪起呢喃歌聲，反覆哼著〈給所有明日的派對〉的曲調。這一切宛若綿延十多年的派對終於來到尾聲，而他負責關上最後一盞燈，開車送那些醉鬼回家。太空探索再也激不起人們熱情擁護，計畫經費節節敗退。短短兩、三年，發射火箭的甘迺迪角超過一萬三千人失去工作。阿波羅十七號升空後，將有九百人收到解僱通知。他那陣子受訪，總是念經般複誦：這可能是阿波羅計畫最後一次登月飛行，但這不是結束，而是序幕的尾聲。

他知道這次任務的收視率不太漂亮。他也曉得簽約獨家報導太空計畫的《生活》雜誌即將停刊。阿波羅十七號出發前，尼克森總統那通電話，不再有打給阿波羅十號的興奮感。他們三個任務組員，聽總統滔滔不絕四十五分鐘，抱怨自己努力在越南尋求和平方案，美國人民卻不知感激也不想理解，埋怨媒體總在攻擊他。他們聽著聽著懷疑起來，打給他們的究竟是美國總統，還是一個被關在橢圓形療養院的孤獨老人？

芭芭拉說，十七號進入月球返航軌道那一刻，她終於崩潰了。她獨自躲進臥室，鎖門，放音樂，進浴室，打開熱水，赤裸地沐浴在蓮蓬頭底下。水花澆淋她身上每一吋肌膚，把她融化，直到她要把全身水分哭出來那樣，蜷縮起來，整整三十分鐘。之後她若無其事回到客廳，在親友環繞下，談笑自如，演出媒體期望看到的優雅模樣。

離開月球表面之前，他站在登月艙舷梯附近，彎腰，以手指畫出T、D、C三個英文字母。那是他九歲女兒的全名縮寫。他跟芭芭拉唯一的女兒。他留在月球的最後一枚腳印，像是某種生涯頂點的象徵，或哀愁。阿波羅計畫讓登月看起來太容易，似乎那只是出國旅行。那些排隊等著上太空的後備太空人也沒想到，其後五十多年，他都是登月最後一人。

最後一次重返地球以後，他不斷在遠離。他離開了太空總署，離開了芭芭拉，也離開了身為一個普通人的視野。他再也無法只看眼前現實。他有部分的視野留在外太空，遙遙凝視這顆星球。他與廣漠的太空之間還連結著一條隱形管線。

他其實不只上過太空三次。因為每次任務，他都要經歷無數次模擬訓練，假想種種極端狀況的應對方案。例如阿波羅十號任務前，他們模擬各種無法繞月飛行或返航的問題，不是幾百萬個零組件中的某個螺絲出錯，就是登月艙的發動機失靈之類的，失敗次數多到他難以想像任務能夠完成。在那些演練中，他早已死在月球無數次。他覺得模擬器管理團隊大概也都是心理變態，才能不停設計各種折磨他們的情境。

也許，坐著高爾夫球車，悠哉移動在高球場草地的他，只是某種死前一瞬的妄想。他可能在月球開著探測車的時候，不小心摔死在一個巨大隕石坑。他們採集的石頭，紛紛甩出，像是輪盤中的小鋼珠，在坑內快速滾動。

也許，待在太空的五百六十六個小時，提前耗盡他一生的夢。他在後來的漫長歲月，時不時得召喚腦中儲存的畫面碎片，瞇著眼細細摩挲。

例如，那幅在十七號任務中途拍攝的藍色彈珠，靜美、脆弱得令人憂傷。

例如，十號任務繞行月球之間望見的地球冉冉上升，無止盡的空無黑暗包圍著地球。

例如，第一次飄浮在近地軌道上，他望見地平線邊緣的日出。好似他本來在電影銀幕上演出，此刻跳出銀幕外，從外邊觀看超大弧形線條、色塊組成的宇宙劇場。

他的身體也記得，搭乘農神五號火箭發射時的劇烈震動，以及重重壓在身上的四點五倍重力，逼人不得不咬牙硬撐的七倍重力。

他甚至想念無重力狀態的諸多不便。太空中的排尿時刻是他的第一名。他們的尿液透過保險套般的連結管線輸送到個人集尿袋，個別卸除時得留下一點當檢體，其他則透過處理裝置閥門，排放到外太空。真空中的低溫使尿液即刻凍結成冰晶，光線映照下，幾百萬點絢麗虹彩，閃爍發亮，像是尿出了一整座星雲。

他想，那些上過太空的猴子可沒這種經驗。牠們全都穿著太空總署研發的紙尿褲。據說，有隻黑猩猩，一回到地球，從固定座位解放出來，隨即憤怒撕掉胯下的紙尿褲。這也是很多太空人抵死不穿紙尿褲的原因。

不過麼，人老了也不得不從。他撫摸著腰間的魔鬼氈，隱隱感到胯部有些溫熱。這是他晚年最接近太空人的時刻。那令他憶起，在那狹小的指揮艙，他們三人失重懸浮，悶了好多天的艙內摻雜體味和屎尿味，有什麼一點一點飄散在空中。他伸手撈了一下，仔細檢視。那是粒硬屎。其他兩個人嚷著這誰的，趕快抓一抓。他覺得那不是他的，因為他知道自己的比較黏。

他也想念，當他們開著探測車在月面上跑，地質學家提議，要不要去第谷環形山兜風？搞不好會在那看到一面光滑的黑色石板。他知道地質學家在說笑，那裡在一千四百英里外的南邊，根本開不到。阿波羅十一號登月成功的前一年，那部科幻電影上映，太空總署的全體員工大概都去看了，有的還看過好幾次，但他就是提不起興趣。他覺得自己根本用不著看。身邊看過那電影的人，太常討論劇情和哲學意涵，他聽到有時以為自己看過了。

他死前一年倒是看過一部不錯的科幻電影。主角是個困在火星等待救援的植物學者。他看到主角運用大力膠帶應變的橋段，想起當年那輛月球探測車的擋泥板脫落，他就是拿大力膠帶把幾張地圖黏起來，充當擋泥板。

在他之前，阿波羅十三號出狀況，也是靠大力膠帶搞定。

他由衷敬告未來的太空人：紙尿褲不可怕，但要是沒帶大力膠帶，可千萬別貿然離開地球。

阿波羅

三月下旬，臺北是典型的溼冷天氣，一連數天陰雨綿綿，氣溫只有攝氏十幾度。阿波羅十二號的三位太空人偕同妻子，搭乘最新的波音七〇七型噴射客機，在二十日下午兩點許抵達臺北。這是他們環球巡迴之旅的倒數第二站，預計二十四日上午結束臺北的行程，之後飛往日本，出席大阪萬國博覽會，畫下旅程句點，返回美國休士頓。

馬面在交誼廳攤開報紙，瀏覽太空人訪華相關報導。不到四個月，阿波羅十號、十一號、十二號的太空人接棒到訪臺灣，這是什麼兆頭？前兩位還不算正式訪華的主角，十二號的太空人可就全員到齊了。他瞅了瞅報導，乖乖，二十二日的行程真夠緊湊，確實是「忙碌而愉快的一天」：

上午九點，圓山忠烈祠獻花致敬。十點二十分到臺北市政府拜會高市長。十一點十五分到美新處，參加電視座談會。三位太空人的夫人，十點四十五分到婦聯會參訪。之後也到美新處接受記者採訪。下午三點到四點三十分，三對太空人夫妻聯袂到中華體育館，跟萬人青年學子與談。

他仔細讀一會座談內容，太空人不外乎說明十二號任務做了更多科學實驗，採集更多月球岩石。他們且在升空離開時，丟下登月小艇的一節部件撞擊月球表面，試圖引起月震，也預留震波儀記錄未來一年月表的自然狀況。相信日後人類會更瞭解月球云云。

體育館座談現場升起四面巨型銀幕，播映二十分鐘彩色紀錄影片，報稱有許多精采鏡頭，勾得馬面內心癢癢的。他去年進戲院看過阿波羅十一號的彩色紀錄影片，想來不至於差別太大。更何況，拿紀錄片與他喜愛的那部科幻電影相比，難免有些單調，音樂也不行。

果然沒人問起太空人關於那部電影的想法。他老納悶，怎麼會呢？難道電影太難太玄，讓人不知從何問起？他看報上影評，只是把電影發生什麼事重講一通，結尾竟說「缺點是解說不足，難達益智目的」，他當場把報紙丟進垃圾桶。要不是一月底以來，忙著處理教授偷渡出境一案的後續忙得焦頭爛額，他真想抓個空檔，問三個太空人的誰，講評那電影來聽聽。

幸好搜查教授住家也不是全無收穫。扣回的幾本《花花公子》，本來只是給其他同事當消遣，雜誌內頁的裸女海報、照片卻飛快消失。他隨意翻閱，偶然瞄到那電影導演的訪談。馬面怕人家說閒話，撕下那幾頁，摺得小小的拿著看，宣稱在加強英文。他也請大專生工作員幫忙翻譯，才勉強讀完。

大阪萬博眼看是泡湯了。馬面原本申請加入嚴副總統七月訪日的隨扈小組，趁機到萬博轉轉，親眼見識蘇聯館和美國館互別苗頭的太空競賽。據說美國館展出的月球岩石有拳頭大小，就是十二號的太空人帶回地球的。

南海路的美新處將從四月十日起，展出月球岩石三天，他得抓緊機會帶兒子去看看。

萬事壓在頭上的時候，他每每想到導演訪談的結尾：地球毀滅，對遙遠的仙女座星系上的觀察者來說，不過是劃亮火柴棒的一秒鐘，完全無關緊要，也不會引起任何注意。

萬博小姐

一九七〇年九月十三日，週日早上九點，大阪萬國博覽會四方出入口一開，觀眾前仆後繼湧入，有如消防栓故障噴出的水流，連綿不絕注入會場。

身著卡其制服頭戴大盤帽的警衛隊員，或吹哨，或維持秩序，張開雙臂擋著蠢蠢欲動的人群，緩緩引導到場內。一些按捺不住的小學生躁動不已，隨時拔腿要跑似的，卻被周圍奇形怪狀的建築迷住了。舉著三角旗的導遊，放聲解說，引領一團團遊客，開始遊覽行程。許多聲音遊蕩在各種材質、造型的場館和通道，越過屋脊線和建材縫隙，碰撞陰影或光線，破碎在一百萬坪的土地上。

主辦單位戒慎恐懼，估量今日將有七十五萬人進場。人愈來愈多。多到人好像不是固體，而是到處流洩的濃稠液體。地鐵運來一車車乘客到萬博會場中央口站，驗票入場，毋須抬頭，即可望見那座把頭伸出祭典廣場大屋頂洞口的太陽之塔。

部分人潮在此停步，拿出相機，留下跟太陽之塔的合照。有些人搭上兩側電扶梯，到太陽之塔腰間，如海豹張開的厚實雙鰭部位，從大屋頂鏤空環狀的桁架上觀覽會場。有些人則深入太陽之塔內部，由下往上，從裝滿DNA雙螺旋小模型、五百五十座神像或面具、舊石器時代的壁畫和猛獁象化石的地底巢穴，節節上升，追看塔內那株巨獸脊椎般的生命樹。五十公尺高度對應著四十億年演化歷程，彎扭樹枝分岔再分岔，垂墜著阿米巴原蟲、魚類、爬蟲類到哺乳類的兩百九十二個模型。樂音充盈偌大空間，彷彿不停禮讚著生命的開枝散葉。

螺旋般向上，塔內頂端的層疊波紋開口之外，浮現未來的空中日常。膠囊住宅懸掛在大屋頂桁架間，彷若一顆顆高科技蛹。展示廳的「矛盾之牆」拼組一百九十二面巨型三角銀幕，曼荼羅似的輪播世間百態剪輯影片。到了這裡，有些人已眼花撩亂，過多聲光淹沒感官，想要稍微紓緩一下，乘電扶梯回到地面，在前往其他場館的大階梯就地坐下休憩。

幼孩哭鬧，兒童追逐，少年嬉戲，攤販叫賣飲料、零食、紀念帽、紀念提袋。塔的後方是祭典廣場，總有節目上演。廣場一角站著兩架十四公尺高的機器人，此刻俯視廣場上的六千多人，舉行閉幕儀式。今天過後，長達一百八十三天的博覽會就要結束。

日照盛大，把人曬得虛浮，就近躲入哪個展館。面對太陽之塔，一邊是日本國內各大企業的展館，諸如三菱未來館、理光館、化學工業館、電氣通信館、彩虹之塔和日本館。另一邊則是大韓民國、中華民國、法國、西德、加拿大、美國群集的外國場館。若往萬博中央口下方，摩天輪、雲霄飛車、飛天旋轉塔等設施一應俱全的遊樂園，隨時接待精力過剩的遊客。

來自千葉縣山武郡橫芝町的小學五年級生高木良一，日前跟爸媽搭乘東海道新幹線到大阪，先拜訪了親戚，才在這天結伴到萬博。他讓爸媽牽住手，排在中華民國館前的等候隊伍。他最想去美國館、蘇聯館和富士麵包機器人館。美國館有月球岩石，蘇聯館有人造衛星，機器人館則有很多機器人，有的演奏樂器、有的會陪你玩。他幻想，由手塚治虫領銜設計的機器人館，也許還有〈地上最大機器人篇〉的幾個機器人登場。他也想去自動汽車館，盡情嘗嘗開車樂趣。但爸媽似乎打算參觀完中華民國館，直接到後方的附設餐廳吃飯。

良一斷續搖著印有大阪萬博五瓣櫻花標誌的紙扇，等待隊伍緩慢消化在那道長方形入口。額頭、鼻子冒汗的良一不時張望，眼前的紅色鋼鐵巨鳥仰望天空，遠處環狀電車繞著會場奔馳，半空則有卵型透明纜車不時滑過，路上跑著電動車運載乘客到各展館，一些比他小的小孩坐在金龜車形狀的黃色手推車。良一身上別著半張號碼牌，要是他跟父母走散，他們可拿著另外半張號碼牌到走失兒童中心找人。他並不曉得，其實大人走失的比例更高。例如這天最終結算，走失兒童七百一十人，走失大人有八百五十六人。

站在中華民國館大門迎賓的是個高䠷女生。她一身鵝黃旗袍領無袖短衫搭配寬褲，雙腿顯得修長，手臂忙不迭地發送展館介紹摺頁，臉上掛滿微笑，用日語不停說著歡迎光臨。

隊伍左右有兩位警衛人員協助維護秩序。入場觀眾不時有人停步拿著小冊子蓋印章，或請接待小姐簽名。起初接待員被要求簽名的時候，她們一頭霧水，糊里糊塗簽下去之後，愈來愈多人來要簽名。大半年下來，每個接待員皆如明星藝人，至少寫過幾萬次名字。她們自然也發現，日本人喜歡蒐集會場展館的蓋章，備有萬博專用蓋章簿，在每張展覽館照片旁留下戳章，彷彿曠日廢時排隊的目標不是為了展館內容，而是蓋章證明自己來過。

輪到良一和父母親戚進場，跨過中華民國館的長方形大門，沿著緩斜坡，迴旋走入幽暗通道。第一間展覽室沿牆呈現敦煌飛天諸佛浮雕圖片，遊客隨意觀看，接待員朗聲解說，良一只模糊看見許多佛像照片，什麼造型、線條之類的有聽沒有懂。

接著幾個展覽室，展出中國人對世界文明的貢獻，接待員逐一介紹，諸如羅盤、印刷術、蠶絲、火藥等等。其中一面文字牆，排列著甲骨文、鐘鼎文、漢簡、石刻、書法。另一面牆，布滿一百件歷代陶瓷的原尺寸照片，中間有個立臺擺放一只白瓷，瓷面圖案投影時時輪轉，或青釉或五彩，呈顯各時代的色調和筆觸。陳列多種書法字帖那間，擴音喇叭反覆放送「姑蘇城外寒山寺，夜半鐘聲到客船」那首唐詩的朗誦聲。而范寬的〈谿山行旅圖〉則隨燈光明暗，顯得有些立體。然後來到絲路貿易路線圖和斑斕多彩的絲織品圖案展間。人潮眾多，良一多半以碎步移動，後方推擠前方，不大容易駐足仔細端詳展覽品。

來到第五個展間，迎面是蔣介石夫妻的巨幅照片，講的是「中華民國的誕生」。前來參觀的日本觀眾幾乎皆不知曉，萬博開幕第二天傍晚，有個左派日本青年拿小刀破壞這張蔣氏夫妻合照。此後這裡都派駐著警衛，以防再度發生類似狀況。這時已有耳語呢喃，怎麼都是圖片、怎麼老在兩棟樓裡繞來繞去。兩棟三角柱體建築間，設有三條玻璃帷幕管道連通，觀眾依序盤旋而上，第五室之後，展覽逐漸聚焦臺灣風土。第六展間裝設一千張幻燈片輪流播放，眾多觀眾來到取名「農為邦本」的展示，似乎頗有共鳴，指著鹽田和曬穀場的勞動影像，紛紛聊起來。觀眾匆匆越過懸掛在螺旋形柱子的經濟數據、閉路電視螢幕，許多人湊在第九室的大面環繞觀景窗前，俯瞰會場景色，也有人相好位置輪番合影。

來到最後一間展覽室，接待員引導觀眾，往下看建築中央斜坡底部正中央二十二呎寬銀幕，將放映十五分鐘的「寶島風光」觀光影片，霓裳羽衣舞與臺灣山海交錯。影片鏡位大多從直升機飛行高度往下拍攝，一如此刻觀眾視角。影片播完，遊客沿螺旋樓梯層層向下，出口連接著紀念品展售區。好些人停下，爭看毛公鼎造型容器，中華郵政發行的萬博紀念郵票，故宮博物院古物及書畫明信片、錄有臺灣民謠及國樂的黑膠唱片等等。良一這時好希望爸媽趕緊看完，趕緊到餐廳吃飯，趕緊到美國館排隊。

餐廳候位顧客早已排起隊伍。中華民國館餐廳分兩間餐室，一邊是追求翻桌速度的平價快餐，另一邊則是點餐搭配精緻的自取菜餚，合計兩百席座位。輪班的四十五位服務生皆來自臺灣，大多出身臺北的飯店或餐館，能說簡單的日語。良一不想跟隨爸媽排隊，跑到旁邊的三角水池，幾十條橘白黑三色相間的錦鯉在水中悠哉游哉。幾個大人拎著小孩在旁看魚，也有人扔麵包屑到池中。錦鯉給太多人餵過，對那些食物碎屑沒興趣，懶懶游過。殘渣漂浮在水面上，伴隨池中平臺彎成弧線的古松，波光點點搖曳。良一蹲在池邊，視線對上高級餐室那面開闊落地窗。室內是年方二十的服務生李美月，正在收拾桌面碗盤，重新鋪設餐巾碗筷。

美月重整動作俐落，不落一拍，接著招呼一家人入座。她忙到身體自動反應，思緒卻飄去釜崎。

昨日上午，美月搭上通勤大半年的地下鐵一號線電車。最初的興奮消化殆盡，現在她上電車就像普通大阪市民，隨穩定行進的列車速度輕輕搖晃，站著連吊環都不用拉。她不再四下張望，貪看身旁乘客或車廂廣告，內心偷偷辨識漢字、假名，像個沒見過世面的鄉下人。

她打算到心齋橋買些禮品，再看一眼道頓堀鬧街那隻大螃蟹招牌，以及高舉雙手的跑步人大看板。但低頭看著掌中那張小巧的地鐵路線圖，突然想起阿芬之前帶她去釜崎，興起了到那邊走走的念頭。她在動物園前站下車。

阿芬那時是怎麼說的？——貧窮生活館？人類動物園？美月當下覺得阿芬的幽默摻了一些別的什麼。她回憶阿芬帶領的路線，出站後，迎面一排眼神渙散、衣著邋遢的流浪漢。他們三五成群，或蹲或站，抽著菸屁股聊天。暑氣未散，美月經過那些人，說不出的黏膩、鬱結氣味尾隨，像是有什麼正在腐壞。她快步到三角公園，徘徊更多男女在那，等著誰來把他們拉去幹活。

阿芬說從小受家裡人叮嚀，不可靠近釜崎一帶，據說非常危險。前幾年市政府因應籌備大阪萬博，宣布把這裡改名為「愛鄰」。阿芬上高中膽子大了，跟同學跑到釜崎探險。來了才知道，根本沒什麼好怕，所謂的妖魔鬼怪不過是一群沒固定工作的窮人。釜崎戰前就是窮人聚集地，戰後二十多年來也是如此，窮人生出窮小孩，窮困代代相傳，似乎永無翻身的一日。

阿芬領著美月進到一處破舊的木造違章建築。穿過幾道障子，有個歐巴桑躺在一坪大的榻榻米，沒有窗戶，像睡在棺材。一戶六口之家跟歐巴桑分租屋子，也僅有兩、三坪可用。小孩隔牆哭鬧，阿芬起先跟歐巴桑說著日語，美月靠近打招呼，居然冒出幾句臺灣話。

阿芬導覽似的說明，釜崎有兩萬人做著各種散工，拿日薪，住在狹窄、骯髒的房間，勉強餬口。過去五、六年，大阪萬博相關工程繁多，修馬路、蓋館舍，這些人是貢獻最多也最好配合的工人。現在萬博開始了，這些人已經嘗到沒活可幹的苦悶。方才在三角公園收下一張傳單，紙上醒目凸顯「吃人萬國博」，美月感觸有些複雜。

美月昨日獨自去到印象中的舊屋子，想再探望那位歐巴桑。她覺得自己這半年好像變了很多，這地方卻一點沒變，仍是那個貧窮生活館，展示著形形色色的貧窮模樣。她沒想像中害怕，可能因為這裡讓她想起艋舺，也都是艱苦人，只是運氣比較不好而已。可實際遇到渾身酒臭的日本阿伯，隨口叫住她，喊著「一百圓、二百圓」露出猥褻的笑，她還是不得不慌張離開。那位醉醺醺的阿伯不放棄，在她背後大聲喊：「來嘛，為了人類的進步與調和，跟我調和一下！」

阿芬那次也帶她去了天王寺動物園。那天午後陽光猛烈，她們走得口乾舌燥，動物慵懶躲在陰影下休憩。阿芬買了罐裝飲料給美月，掏出手帕擦汗，「這裡的動物都有專人照料，餵飯，病了還有醫生來看。另一頭的人類動物園就沒這種待遇了。」

美月漫不經心地應答：「這裡的動物什麼時候出來表演？」

「這不是馬戲團。」阿芬似乎有點不敢置信。

美月本想說，泰國館特地調來二十頭大象來表演，印度館也運來五隻白老虎來讓大家開眼界，但她只說：「圓山動物園那隻叫強生的猴子，會拉三輪車還會騎單車，我以為動物園都有表演節目……」

阿芬嘆了口氣，沒有多說。她們繼續逛，來到土撥鼠柵欄前，介紹牌上寫美國政府為祝賀大阪萬博舉行，特地贈送這批草原犬鼠給動物園。阿芬想起什麼似的問美月，有沒有看過一部科幻電影？開場是一群猿人在荒野生活，遇到其他猿人還會叫囂跟打架。然後出現一塊黑色石板，好像在影響牠們，學會拿起動物的大骨當武器攻擊其他猿人。

「有支鋼筆飄在半空那部？」美月印象中，電影一開始的猴子打架演很久，讓她有點不耐煩。直到那支飄浮鋼筆出現，她才覺得這是「科幻」。可是後面演了什麼，只剩一片空白。

「那劇情有很多很玄的東西，不大好懂。可是看到後來，會覺得，好像不是在看電影，而是在體驗一場太空旅行。妳不覺得，萬博也是這樣？」

美月不太明白阿芬的意思。

「就像那部電影，女性角色都是花瓶，只是出來跑龍套講幾句臺詞。那些太空飛行員、開會討論機密都是男生，率先登月的美國也是這樣。大家似乎都忘了，也有蘇聯女太空人上過太空，」阿芬接著說：「而且她上太空之前是個紡織廠女工，這不是很振奮人心嗎？」

往往是這種時候，美月覺得，明明她們都才二十，阿芬卻是見多識廣的大姊姊了。比方說，三月發生破壞總統伉儷玉照事件後，四月又來個爬上太陽塔頂端貓頭鷹臉的左派男性，霸占在貓頭鷹臉的右眼，宣稱要抗議萬博。「右眼男」後來沒東西吃了就說要絕食，在上頭待了一個星期。

美月那幾天走到太陽之塔一帶，只見警察不斷對右眼男喊話，周邊人來人往，大家照樣搭上電扶梯觀覽一番。有些人以為那是某種表演節目，聚在一起抬頭看熱鬧，沒多久就被祭典廣場和星期二廣場的各種演出吸引走了。美月倒有點好奇那人怎麼上廁所。

「蹲下來就可以上啦。」阿芬說：「重點是，那裡的活動空間應該很小。一想到要跟自己的大便相處好幾天，我實在沒辦法。」

阿芬談起去年夏天的抗議活動。左派團體故意唱反調，在大阪城公園聯合發起舉辦「反戰萬國博」。他們本來以為頂多一千人參與，結果到場三萬人。

「很多人攜家帶眷，以為在參加親子園遊會。那也確實是大型園遊會，好多人唱歌、跳舞，現場只要交二十元就有東西吃，多加十元還可以踢大沙包，上頭貼著尼克森總統、佐藤首相還有，」阿芬暫停，環視周圍，壓低聲量：「蔣總統。」

「妳有去？」

「痛快啊！主辦那群人說，今年也要舉辦，號召大家一起『粉碎萬博』。結果只有一個跑來我們館內破壞照片，還有一個在太陽塔跟自己的大便相處一禮拜。其他都被擋在外面搭帳篷抗議。想也知道，政府怎麼可能讓他們如意。」

阿芬有時像個老師，給美月講解日本兩、三年來的社會局勢。美月喜歡阿芬說得頭頭是道，不疾不徐，聲音又好聽，不愧是館內最年輕的接待員。但她對這些時事完全陌生，什麼《美日安保條約》、沖繩回歸、環境公害、越南戰爭，還有三月底發生的日本赤軍派劫機飛往朝鮮一事，聽得愈來愈混亂，眼睛暈成漩渦狀。她有點難想像大學生成群結隊，高高堆著課桌椅封鎖校園和教室大樓，也無法理解這些學生戴著工地頭盔舉著棍棒跟警察對幹，更別說丟炸彈、縱火、劫機這種激烈手段。她覺得阿芬好像在講另一個日本，而不是她眼前萬博呈現出來的日本。聽到最後，美月接近斷片之時，突然閃過一個念頭：就算阿芬在大阪長大，也比其他人都瞭解當今日本現況。

阿芬卻在七月中旬被館方辭退。表面是家庭因素，實際是她被懷疑有安全疑慮。身兼副館長及安全事務組長的魏先生，那日在阿芬交班後的下午三點多，把她叫進了館內五樓的辦公室，要她辭職。

阿芬沒跟美月道別，而美月在餐廳幾乎天天工作十二小時，根本無暇多想。昨日難得休假的美月，離開釜崎後，獨自走到天王寺公園，盤算待會上通天閣觀景臺，到心齋橋逛街採買。她算算時間，這個星期天結束，接著三天到周邊的京都、奈良、神戶遊覽，之後搭新幹線到東京，大夥讓飯店老闆招待一頓餞別宴，就得回臺灣。美月坐在公園長椅，望向遠處漆著英文字母HITACHI的通天閣，左近是深深淺淺的綠，覺得靜靜待在這裡也不錯。

萬博開展前，餐廳團隊到現場實習，美月被周圍的建築給嚇傻了。在那麼大那麼大的土地上，各種建築物張牙舞爪好似巨人的積木玩具，澳洲館像一隻超大型蛇頸龍，香港館是一艘大帆船，義大利館是從地底冒出來的三角斜塔，場內建築爭奇鬥豔，充滿她做夢也夢不來的形狀。

中華民國館鄰近會場中心的太陽之塔。第一眼看到塔正面的臉，她覺得有點可怕，眉頭糾結、嘟起來的嘴巴，像在生氣。塔背面則是瞇著眼似的黑色圓臉，圓周長滿尖刺，散發濃重壓迫感。塔的最上頭是一面反光金屬大圓盤，像貓頭鷹的臉。到了晚上，貓頭鷹的雙眼射出刺眼光芒，照亮周邊。美月天天進場，總先看到太陽之塔，靠它辨識方位，看久了，也變成定海神針，安定她在人山人海之中不被淹沒。

中華民國館後方中庭，鄰近水池邊的高級餐室有大面落地窗，客人用餐時，觀賞外面的古松和池魚，據說能紓緩心神。只是美月所遇，皆是急著入場吃飯的餓鬼，人人一入座，趕著端盤子打菜，急吼吼填飽肚子，馬上要再往其他展館去。兩間餐室填滿喧譁和碗筷碰撞聲，沒什麼人悠悠哉哉，慢條斯理吃飯、喝茶，欣賞玻璃窗外的風景。

萬博開幕日當天，身著白色旗袍外搭銀狐外套，頭梳貴妃髻的翁倩玉，親臨現場擔任中國館一日館長，負責接待貴賓。美月在當天下午兩點多，瞥見跟自己同年的翁倩玉。那時餐廳大爆滿，預備材料短缺，午間還閉門一個多小時，緊急從市區分店調用食材。從東京總店來視察餐廳狀況的張老闆，也捲起衣袖親自下海端盤送菜，送的當然是包廂裡翁倩玉那桌。一陣忙亂過後，她跟兩個同事去收拾桌子，發現翁倩玉盤子裡的叉燒、鮑魚像是沒動過。同事笑說，難怪人家是玉女，不食人間煙火啊，然後示意美月張嘴，順手叉起一塊油滋滋的叉燒塞進她嘴裡。

餐廳對排隊用餐的蜂擁人潮出乎意料。有些消息靈通的同事抱怨，聽說萬博開幕入場觀眾人數不如預期，怎麼大家都集中到我們這兒啦。最初幾天，內外場還在互相熟悉，動線不大順暢，二十種菜色沒一會見底，銜接不上廚房出菜速度，有點應付不了洩洪般的來客。她們外場服務生不停收拾碗盤餐具，一次次重複整理桌面座位，隨時支援洗碗、處理垃圾和餿水。午餐、晚餐時段是來客高峰，其他時候雖可稍作喘息，卻也常有客人上門。整天忙下來，美月搭上返回市區的地鐵，掛著吊環擠在人群中都能打盹。

四月下旬，翁倩玉為了拍片，再度現身中華民國館。美月記得她在古裝片《小翠》，臉頰總像蘋果泛紅發亮，討人喜歡。這回翁倩玉是時裝打扮，跟馮海演對手戲。拍片現場那麼多人打燈、舉麥克風、反光板，兩三人推著攝影機，在鋪設軌道來回移動，大大讓美月開了眼界。

這是美月第二次見到翁倩玉本人，忍不住張開手掌端詳，比比自己的臉，想著人家那臉真是巴掌小，就連馮海看著也比銀幕上小一號，可他在電影裡又那麼挺拔瀟灑。這次還有旅日棋王林海峰出場。之後也有很會打全壘打的王貞治來客串。美月自顧自發夢，編織劇情，想像翁倩玉飾演的中國館接待員怎麼跟馮海苦苦相戀，從北海道一路越過大半個日本，追到東京。

美月偷看拍片現場之時，想起自己曾經妄想當上接待員。去年她在館前路的中國大飯店兼差房務清潔，從飯店櫃檯聽說了中國館接待員公開招考的消息。詢問過後，發現她的初中學歷，連報名資格都沒有。幸好承辦中國館餐廳的東京山王飯店來臺招募人手，看上她年輕沒家累，這才有機會來到萬博工作。不過待遇當然遠遠不能跟那二十四個接待員相提並論。

報紙把待遇列得清清楚楚：接待員每月薪給六萬日幣，最後還可能再拿一個半月薪給獎金。她們包吃包住，每人量身訂做四套接待員制服，每天工作八小時，週休一天，專車接送到館上下班。半年會期結束，可遊覽日本十天。美月算算，六萬日幣大約六千七百臺幣，是她房務月薪的十倍之多。但至少，如今能到日本工作半年，月薪一千兩百臺幣，夠她開心的了。三月初，她們到餐廳現場訓練之時，二十四位接待員由領隊汪夫人帶來跟餐廳團隊打招呼。白人面孔的汪夫人，洋腔洋調說了一大篇，意思是這些人日後只要憑臉就可入內，毋須額外付費。二十四個接待員正裝打扮，直如仙女下凡，一個個自帶光暈，照亮整間餐室，讓美月內心悵悵地湧起欣羨。

這份心思後來被阿芬笑詠：「戇囝仔，有啥好欣羨啦。」接著跟美月解釋，即使接待員也分等級的。故宮選派的五個導覽員位居最高級，其次是招考入選的十個，再來是她們日本僑胞五個，最後是華航出錢那兩個和觀光協會塞進來的兩個。

「領隊汪夫人是另一種等級，不用負擔實際接待工作。聽說她每天晚上都在外頭玩到好晚呢。」

「為什麼是外國人當領隊？」

「她是某個大使的遺孀，據說出身歐洲貴族。可能政府想借重這種見過世面的貴婦，卻沒想到人家身分不一樣。哪像我們都是有人作保的，誰敢不聽話。」

阿芬本來不想參加甄選，一想到「安全查核」，還要她爸當保證人簽切結書，就渾身不舒服。但她媽想在大阪的臺灣同鄉面前有面子，主動幫她填資料報名。

「名單出來，都是跟政府關係好的華僑小孩。其中一個沒報到，聽說就是安全問題。」

美月不懂安全問題具體指什麼，只覺得，若是好好做事，不惹麻煩，應該就沒問題吧。像她們這批服務生要出國半年，也是有政府單位來考察身家背景，一個一個面談過，才能拿到護照出來。

美月第一次遇到阿芬來用餐那天，大約是下午兩點。五個中國館接待員一身淺黃亮面絲緞褲裝，有的梳髮髻，有的短髮俐落，端莊入室。所有客人都抬頭注目，好像看到什麼明星。接待員各自輕巧端盤，夾取菜餚，回座吃遲來的午餐。沒多久，幾個鄰桌客人湊上去，拿著紙筆請求簽名。當時阿芬似乎用日語低聲說抱歉不簽，另外四個從善如流，快快簽完繼續吃飯。這一幕始終困惑著美月，也在心中把阿芬跟其他接待員區隔開來。漸漸的，美月注意到阿芬都自己一個來餐廳吃飯，而且總是選供應便宜快餐的那邊。

她們服務生雖然也供餐，卻不能堂而皇之坐在餐廳。輪到她們吃飯，通常是廚房把現有菜餚，分裝成便當，讓人帶出去自個找地方吃。美月習慣在星期二廣場找地方用餐，邊吃邊看各色接待員，也漸能辨別不同展館的制服。例如寬大全身裙、胸前有流蘇吊飾的是大煙囪韓國館接待員；幾何圖案、色彩繽紛的簡潔剪裁，可能是非洲展館；粉色沙龍圖騰繁複、頭戴華麗裝飾應該來自印尼館；而渾身銀白雙色、線條俐落的絲質套裝則屬於法國館。

美月有時跟同事在吃飯空檔，討論著哪國制服比較好看，幻想自己也穿上那些服裝的樣子。餐廳服務生制服，大概是最沒特色的白襯衫搭深藍背心和短裙，會場隨便哪套制服都比她們亮眼。那時鬱金香式的帽子正流行，好幾個展館接待員在戴，四處遊覽的女性遊客也常頂著圓弧狀軟呢帽，各種樣式、花色的鬱金香帽天天在美月眼前晃啊晃的，害她也好想要一頂。

四月某日午後，美月在星期二廣場跟啃紅豆麵包、喝奶昔的阿芬併桌。阿芬說她爸媽、哥哥、弟弟一塊進場，才幫他們導覽完中華民國館，他們接著分別去排美國館跟蘇聯館，得耗上幾小時。她自己轉到附近的紐西蘭館買了杯奶昔。她們隨意聊天，發現彼此不僅出生年月日一樣，連身高體重也一樣。

隔天說巧不巧，美月從地鐵梅田站上車，一進車廂，迎頭就是阿芬。這才曉得，原來家住浪速區的阿芬跟她一樣通勤上下班，沒和其他接待員住在鄰近會場的租賃公寓。阿芬笑笑，「這就是找華僑子女的如意算盤，節省開銷。」美月想到餐廳同事分別寄宿在市區不同華僑人家，大概也是這道理。

「反正我也不想跟她們住在新市鎮那邊。下次帶妳出去走走。」

昨日遠望通天閣的美月想著，阿芬真是怪奇，出去走走的地方卻是釜崎。

半年分的回憶點滴與此時快速收拾整理桌面、點菜或上菜的行動，正在平行運轉。美月清楚知道，今天過後，這座樂園的一切都要消失，包括眼前滿座的顧客、碗筷杯盤、桌椅，廚房出入口對開彈簧門傳來的炒鍋、油炸、蒸氣和流水聲，那些滿天灑落的詞語，明天此時都要歸於寂靜。她手裡一刻不得閒動著，同時想到阿芬說，萬博的一切就是巨大浪費。人們大舉來到這裡砍樹整地，製造容納這些展覽館的場地面積，引來更多更多人聚集在此消耗很多水、很多電、很多資源，產出大量垃圾和廢棄物，半年後再把這一切抹除，花大把大把的錢做一場超大規模的夢。她想，阿芬懂那麼多，過兩年畢業，一定會是個很棒的幼稚園老師。

她仍希望離開大阪前，能再見阿芬一面。

阿芬此刻在中華民國館的中庭水池邊，站在傻看池面波光的高木良一身旁。她帶著釜崎那位歐巴桑，趕在萬博最後一天進場。當過四個月接待員的她，知道人潮勢必洶湧，歐巴桑想看那顆拳頭大小的月球岩石，得趁大批觀眾參加閉幕式之時，直奔美國館排隊。她們只排了三個小時就入場，人群彷彿站上自動步道，互相推擠著一路往前。歐巴桑抬頭仰望空氣膜屋頂支架，一整列全套裝備的太空人偶，以連續快照般的太空漫步動作懸吊在上。她們碎步行進，視線從巨幅美國人民生活剪影、美國職棒球員貝比·魯斯的球衣與球棒展示，一路轉換到阿波羅八號指揮艙、等比例複製的阿波羅十一號登月小艇，然後是那顆阿波羅十二號任務採集回地球的月球岩石。

阿芬聽現場解說，默默計算起龐大的太空競賽經費，若拿來改善社會福利該是多麼大的挹注。阿芬也疑惑，美國把那麼多太空人送到月球，就為了帶回這些石頭？誰又能證明這一切不是騙局？也許這些石頭只是從哪個沙漠隨便撿來的。甚且有朋友認定，登月任務根本是美國政府商請《二〇〇一年太空漫遊》的導演團隊拍攝，是徹頭徹尾捏造的世紀大騙局。

阿芬第一眼看到那些指揮艙、登月小艇，著實訝異：原來太空艙實體那麼小，內部那麼狹窄，艙壁厚度也像罐頭殼一樣薄。簡直難以想像這些三角錐可以飛向外太空，莫怪有人主張太空競賽根本不存在。但阿波羅十二號太空人到訪萬博那天，也是真實到無法忽視的大旋風。三位太空人所到之處，現場立刻變成武道館演唱會。在場遊客看到他們，好像不是在看三個美國白人，而是一個被實現的夢想。

匆匆遊覽美國館半小時，她們就被這座空氣膜圓頂組構的大巨蛋排泄而出，重回會場馬路。歐巴桑叨唸要到「臺灣館」一趟，阿芬卻不太想進去打照面，尤其不願遇到魏先生和其他同事。

她心一橫，來都來了，還是領著歐巴桑經過造型如大肉包開口笑的瓦斯館、打著未來生活家電號召的三洋館、起重機似的澳洲館、花園般的西德館，到中華民國館排隊。

她們站在腸子般彎曲的隊伍中，歐巴桑說起三十五年前曾以「藝術女給」的身分到臺北，在臺灣博覽會表演過歌舞。那時在臺北公會堂、新公園的會場逛了好多天。臺北比她的想像摩登，夜晚霓虹四射，芭蕉、椰子樹林立的南方風味，那種溼度、溫度黏在皮膚的觸感令人難忘。她在「蕃屋」停留最久，仔細觀看蕃人男女的日常，一連幾小時就是看他們織布、燒飯、喝水，睡覺。那種感覺很微妙。她猜想蕃人也是在表演一種人們以為的模樣給大家看，一如她在咖啡屋工作的時候。

阿芬知道歐巴桑又陷入了回憶。這故事她說過好幾次。後來歐巴桑留在臺北的咖啡屋當女給，吸引內地、本島客人慕名來捧場，風光過好一陣子。歐巴桑那時二十出頭，正值青春年華，又懂得販賣羅曼蒂克，給客人製造戀愛感。據說她當年每月收入可天天買一斤豬肉，接近一個普通小學教師的三十倍。所以她總笑阿芬穿著太隨性，眉毛常描不齊，也不搽口紅，怎能抓住男人的心。她也唸阿芬不懂咖啡，老喝那種廉價的即溶咖啡，現磨的咖啡才香啊。阿芬聽到這些話，通常隨口敷衍，任歐巴桑去說。只是偶爾心裡好奇，這麼摩登的歐巴桑，如何淪落到釜崎的破房間？阿芬曉得歐巴桑曾跟一個臺灣留學生在神戶生活，聽說那人寫作，總把他們的生活寫成小說。歐巴桑有時感嘆，她就不懂愛人淨寫悲哀、貧賤的日常，把自己描寫成靠咖啡屋女給養著過日子的高等遊民，到底有什麼好看。

歐巴桑入場了，阿芬轉往中華民國館後方的餐廳。她瞥見靠近水池的高級餐室落地窗裡頭，美月在努力工作，忙進忙出，快速整理桌面，充滿節奏感。阿芬想跟美月好好道別，解釋自己被迫辭去接待員身分的緣由。但該從哪說起？從她高中時代接觸左派運動，關心起政治、社會、文化、環境種種不平等，卻又漸漸對組織感到失望？因為她是外國人，因為她是女性，永遠不可能脫離本國人和男性的支配。因為她總覺得，《小婦人》那句「不能讓人民覺得享受的革命，不能稱作革命」說得很對，同時又對自己灌滿公義教條的貧乏內在，感到無比厭倦。從她參與左派活動以來，她確信自己是為了正確的事而奮鬥而忍耐，偶有痛快，卻不曾有過可以稱為享受的感覺。

阿芬以為自己偽裝得很好，沒被抓到跟任何左派分子往來的小辮子。偏偏就在一次聲援會場某家牛排店服務生罷工的現場，給副館長的眼線撞見。她跟場外的反萬博團體熟人私下見過，提到場內店家時常發生勞資糾紛，應當從內部串聯勞工爆破萬博，而不是像他們那樣在外頭做無用的抗爭，人民也不可能支持他們。人們到萬博是想見識未來世界，感受祭典般的熱鬧氣氛，也該讓大家見識未來的勞動者應當有怎樣的進步觀念和公平待遇。

那天的會談不了了之。

後來場內發生的，卻是七月三日「美國日」當天的祭典廣場舞臺爆炸案（幸好只有一名技術人員受傷），以及後來被辭退的她。阿芬反省，是否自己表達得不夠清晰，讓外頭那群反美反安保的過激派誤會「內部爆破」的意思？她只能接受事實就是這樣。或許她根本不用跟美月提到這些，淡淡撒個小謊就能維持友誼。

高木良一回到等候餐廳叫位的父母身邊，手上多了兩杯紐西蘭館的奶昔。一杯他捧著，呼嚕嚕吸得只剩杯底碎冰渣，另一杯他抓在手上，杯緣不停冒著水珠。他爸媽只顧著跟親戚談論方才買下的紀念品，想著到哪買臺灣茶葉跟鳳梨罐頭。其中一個親戚說，「中國日」那天有來這裡參觀的，都拿到兩根香蕉跟一袋金魚呢。他們完全沒注意良一吸得滋滋響的奶昔從哪裡來。

輪到他們進場就座，大人們點完快餐，吃將起來。良一趁隙跑到另一間餐室，找到美月，遞給她那杯奶昔。美月有點迷惑，看著那小男生一溜煙跑走。她手中的奶昔已經沒那麼冰了，溼淋淋滴著水珠。

美月想著，明天一定要見到阿芬。

小林來臺北

小林趁著到大阪拜訪客戶空檔，去了一趟萬博。人人進場都是為了爭看美國館的月球岩石或蘇聯館的人造衛星，日本各大企業的新奇館舍和未來家電。唯獨他是到臺灣館一解思念之情。

他三年前第一次到臺灣，之後年年到訪。不，他不是參加那種旅行團。可是有些朋友，一聽到「臺灣」二字就挑起眉毛，露出淫邪笑容，像是心照不宣的密語。

那時小林已獨立門戶十年，在東京江戶川區經營著電鍍工廠，擁有小小一片產業，正逢東京奧運後的昂揚，景氣欣欣向榮。一路打拚積累，他終於有餘裕稍微放鬆一些。

某日，工廠合作的會計師菅野先生開口邀他去臺灣，他疑惑那好像是從前的殖民地，有什麼好玩的，打算婉拒。菅野先生提起自己在臺灣出生，讀到中學畢業才回本島，這趟是為了參加同學會，順道重遊一些景點。小林想，既然有熟人帶路，那是最好。他們安排了十天的臺灣縱貫之旅。

小林本以為就這麼單純，直到他跟著菅野先生到新竹開同學會。他伴隨菅野先生坐在餐廳宴席，其他人熱切聊著學生時代的往事和同學近況，酒酣耳熱，他愈坐愈覺得沒他的事。小林側身在菅野先生耳邊說，要到外頭透透氣，自己會回旅館。

餐廳附近聚集著其他餐館、酒家，他只是隨意走走，卻宿命般走進其中一家，遇見琉璃。那晚他沒回旅館，而是跟著琉璃住進旅社。

小林以為遇見琉璃已經夠幸運了。不想隔幾天，他又在高雄透過計程車司機介紹，認識了小影。

琉璃與小影，一北一南，卻同樣受到命運牽引來到他眼前。

琉璃是臺日混血，生父戰後獨自返回日本。小影出身屏東鄉間，兄長死在南洋戰場。而這樣的命運背後連結著更大的歷史，使他第一次思考起，日本殖民臺灣的過往和國民黨統治臺灣的關係。

就這樣，幾次往返臺灣，他漸漸生出比一般日本人更深的內疚感，急切想為臺灣做點什麼。琉璃和小影的身世就是臺灣命運的縮影。他無法將這樣的私人情感與關懷臺灣的心思分開。兩者彼此交纏，有時他想起臺灣，浮現的不是琉璃纖細的側臉，就是小影的深遂輪廓。對他來說，她們就是臺灣本身。

所以他非得到萬博的臺灣館瞧一瞧不可。

排在隊伍中等候進場，小林不時瞥見入口處大大的中華民國四個字，以及另一頭的紅色鋼鐵雕塑。隨著隊伍消化，接待員小姐的臉孔愈來愈靠近，他不禁遐想，那是琉璃或小影穿上那身梔子黃旗袍，露出潔白或健美的雙臂，招呼客人，微笑遞上展館介紹摺頁。站在他身旁的妻子，並不知曉他此時的念頭，只是搖著印有萬博五瓣櫻花圖紋的紀念紙扇，喊著好熱好熱。

入場後，小林聽到接待員的解說，不斷以「中國」自居，展示著五千年來的文明歷程。他邊聽邊看，始終無法把在臺灣的所見所聞，跟眼前的佛像浮雕、字畫、陶瓷圖片聯想在一起。臺灣留學生朋友所說的「虛構神話」浮現眼前。事實上，蔣介石政權已被中國人放逐，才轉而占據臺灣，自稱中國正統。

小林一路想著這些，瀏覽完第四展覽室的絲路貿易路線圖，進入第五室。蔣介石宋美齡夫婦的大照片迎面而來，主題是「中華民國的誕生」。裡頭展出被尊為國父的孫文照片及墨寶，介紹牌寫著孫文當年發動革命、推翻滿清王朝，與日本之間的淵源，銜接到蔣介石如何繼承孫文遺志等等。接下來的幾間展覽室，有點炫示意味，鋪排各種社會、經濟統計數據，大量幻燈片輪番放映當前臺灣的風土景觀，小林這才漸漸覺得是他所認得的臺灣。

小林在第九室與妻子停下腳步，在開闊的大面觀景窗前合影。他從接待員手中接回相機，隨口說起臺灣人日語都說得不錯，只是常常帶有九州或青森腔。不過這位接待員倒說得一口標準腔。

接待員說自己從小在大阪長大，還會一點關西腔。

小林好奇她怎麼會來當接待員。接待員謙稱自己運氣好，恰好被選上。小林追問：「那麼，這裡到底是中國館還是臺灣館？」

接待員答：「兩者都是。如今的中國大陸被共產黨竊占，臺灣是擁有聯合國席次的自由中國。」

「但是，蔣介石不正是在一九四九年被中國人趕走，才到了臺灣？理論上蔣氏已經喪失代表中國的資格吧？」小林再進逼。

「理論歸理論，實際上所有政府機構、議會代表都遷到臺灣，您方才觀賞的中國歷代珍貴文物精粹，也都在臺灣。所以這裡既是中國館，也是臺灣館。」接待員回得和氣平緩。

「難道你們相信蔣氏宣稱反攻大陸的謊言？」

「我……」接待員流露些許遲疑，「相信蔣總統一定會帶領我們走向光明的未來。」

小林覺得沒必要再說下去了，反正對方也不會懂。他拉過妻子的手，轉身走往最後一間展覽室的迴旋樓梯。幽暗梯間，傳來底下圓形大銀幕播放寶島風光的音效和旁白。

接待員靜默站在原地，直到再有觀眾端著相機前來，請她幫忙拍照。在喀嚓喀嚓的快門聲，一陣一陣的閃光燈中，接待員想起在烏來受訓期間，有專人來講解匪情研究和國際情勢，大概就是為了應付像這樣的觀眾。她把自己隱藏得很好，只是個就讀短大幼保科，以後要成為幼稚園老師的普通女生。

小林隔年以一升裝的清酒紙盒掩飾，夾帶三千張撲克牌大小的傳單入臺，準備在臺北放熱氣球散播。傳單文字明白宣示臺灣獨立，停止戒嚴，重新組織真正代表臺灣的政府。

他到臺北入住飯店，接著到參與合資的電鍍工廠三重廠房取出亞鉛板、硫酸、鹽酸、鞭炮等材料，拿出預先準備好的橡膠氣球，照著之前演練製作熱氣球的調配方式，開始作業。他反鎖四樓高的旅館頂樓，悄悄製造熱氣球，有些緊張，最終只成功放出三個熱氣球，飄往淡水河的方向。

不到兩天，小林被警備總部的人從旅館帶到保安處審問，關押在地下拘留室的二號房。房內無窗，空調送出滿是陳年霉味的空氣。他被扔進來後，恍惚回想著最後一晚的琉璃，有些僵硬，做起那檔事一點意思也沒有，像塊冰得太久的魚板。困在七坪大的押房，即使房內天花板裝有監視鏡頭和監聽麥克風，他仍要宣洩許多情緒，不停大聲罵著髒話，揮舞他所謂的少林拳法，吵鬧著諸如要抽菸、不要饅頭要吃米飯和味噌湯，不然就絕食抗議這類事情。

輪值警衛被吵得受不了，請求一號房的囚犯幫忙翻譯小林到底在吵什麼。但警衛就算知道小林想抽菸也不可能准，只有反覆答著從一號房囚犯那邊學來的「ない、ない」（沒有、沒有）。

拘留室空調故障，來了工人修理押房管線。作業期間，所有牢房囚犯都開門排排站在走廊，他終於見到姓謝的一號房囚犯。此後他出席法庭，路過一號房總會跟對方說上幾句。

某天，牢房警衛派了理髮師來為所有人剪髮修臉，更新床單，以備大人物來視察。隔日上午十一點，出現一個矮胖男子，全部犯人立正站在走廊上等候檢視，唯獨一號房囚犯稱病坐在裡頭。戴膠框眼鏡的男子，停步在一號房前，透過柵欄看著一號房囚犯，沒有說話。男子移動兩步，與小林四目相對。他們對看長達兩分鐘。小林早在報刊、電視上看過這人的臉。對方目光如刀，他知道自己要反瞪回去，不能示弱。身為蔣家接班人的對方，就是想從他眼中看見軟弱和破綻。滿場安靜無聲。過了一會，男子在保安處長陪同下離開，押房警衛鬆了一口氣似的又出現聲音。

小林在牢裡度過三個多月，知道自己即將被釋放，趁著上淋浴間，抓緊時機跟一號房囚犯說，幫你帶信。

出去那天，全身搜查過後，小林說有泡尿非得趕緊放不可，衝回到押房馬桶旁，從洗手臺鏡子後方靠牆的隱蔽縫隙，撕走先前以飯粒黏貼的小紙片，塞進腳上的襪子。上頭密密麻麻寫滿英文和政治犯名單。這封獄中信隨著小林回到日本，輾轉去了美國。隔年四月，刊登在《紐約時報》，標題是：From a Taiwan Prison。

指揮

許一文在二十六天逃亡中，偶爾想起十年前那場失敗的行動。出獄兩年半以來，他隨身帶著小旅行袋，內裝毛巾、換洗內衣褲、牙刷、牙膏、肥皂和衛生紙等用品。他覺得自己在外面不過是「度假客」，隨時可能再進去。但那日破曉時分，琳達推紅色沙發擋住房門，瘋狂堆上手邊雜物，要他快跑的時刻，他卻放下旅行袋，關掉客廳、臥室、廚房的燈，轉身從廚房旁的安全梯跳上圍牆，踩在青苔蔓長的溼滑牆頭，一個不穩，掉了一隻室內拖鞋。他在圍牆上躡著腳移動，奮力攀上隔壁魚鱗黑瓦的屋頂，接著在相連的日式屋頂匍匐前進，那只旅行袋靜靜躺在臥室地板，也許終被破門湧入的軍警人員搜走。

爬行的許一文遇上一幢四層樓公寓，無法前進，只得脫下僅存的拖鞋，試著靠它在樓房牆面摩擦緩衝，滑落牆邊巷子，落地震盪讓他從坐骨發麻到頭頂。他等了一會起身，不遠處是新生南路。他打算出巷，快步越過馬路到對面巷弄，迎面卻走來一個警員。他主動打招呼，假裝自己是晨起做操的普通住戶，他擔心腳上一雙棉襪卻沒穿鞋子，又或者長褲沾染被圍牆勾出的血痕，可能露出破綻。他鎮定做起體操，一蹲一擺，等警員走遠，回身攔了計程車離開。

天猶未光，坐在移動汽車中，窗外街景輪廓黯淡模糊。風吹進車內，混合芳香劑的氣味使他微微暈眩，難以思考該往哪裡去。這是人生大哉問。小至一個人，大如一個國家都難免有這種遲疑時刻。對本能拔腿逃跑的他來說，當下根本無暇想這些困擾人類數千年的問句。儘管他不只一次想像逃跑的情境。

許一文恍惚想起往事，散亂紙片似的掉落在記憶之海，每塊碎片都連結到更大的圖像。那是他那座旅社般的家，而它確實是座旅社。他每晚在剩餘空房之間搬遷，穿行在他的兄弟姊妹之間，他夾帶了一個女生進房。他在軍校的寢室。他在偵訊的房間。他在幾座看守所或監獄的房間。在醫院的房間。在妻子租來的房間。那麼多房間經過他，以至於他覺得自己也是一家旅社，才有辦法裝下那麼多房間。多年後，他也會在一個房間裡，展讀許多關於他的記述。不過現在，暫時還不用把時間軸調到那裡去。

回到計程車駛向新公園的此時。許一文腦中閃過簡單的念頭：原來這就是逃亡。思緒跳回十年前的年初三中午。年節喜慶氣氛渲染下，獄裡從除夕到初三都有加菜，平時難得大快朵頤的肉和菜餚，一盆盆端上，大夥看電視、下棋、打牌、輕鬆閒聊，像一座工廠的男子宿舍。那天十一點半，他扒完炒米粉，略帶緊張摻雜期待的焦急心情，換好下身嗶嘰呢長褲，收起鋪墊，躺在房內一角，望著氣窗鐵柵欄切割得窄窄細細的天空。遠處傳來幾聲叫喊，接著是三聲槍響。過不久，所有人都被趕回牢房一一點名。室友偶有低聲交談。門鎖重重扣緊，關住與整個下午一樣漫長的沉寂。先有一個室友到馬桶沖走某些紙片，待他回到鋪位，換許一文起身到厚紙板隔成的書櫃掏出一疊紙，若無其事走到馬桶，蹲下來，一張張撕毀沖入。一連串拉繩沖水聲，短暫淹沒了滿室靜默。他回到方才躺著的角落，拿出寬鬆囚褲替換身上的長褲，重新摺疊好，塞在書緣與衛生紙之間。他躺了下來，雙手交疊腦後，繼續望著氣窗，天空好像被切得更細更窄了。伙房外役大概四點多被叫出去做飯，那天的晚餐放飯時間與平日相仿，卻有什麼隱隱不同了。竊竊低語配著飯菜傳遞訊息。夜幕降臨，把一整座監獄的沉默壓得死寂。彷彿所有人都失去說話能力，也沒有交談欲望。隔幾天，許一文被提出去審問，換房獨囚。他心想，假期結束了。

在小小窄窄的房內，他猜臆，那幾個人去哪了。被留下來的人，只能拼湊零亂的消息碎屑，猜想究竟發生了什麼。每個人都從自己的視角，逐漸摹想出一個故事，邏輯是酵母，情節在漫漫光陰中緩緩發酵、膨脹，長出肌理。獨居房的日子是永晝，白天有稀微日光照入，傍晚六點開始徹夜點燈。全日待在三尺寬六尺長的水泥棺材，就算放封也要受限一處，無人交談，只有跟住在腦中的記憶對話。夜晚不時有遠遠近近的歌聲穿透門壁，他聽出那是柯老師的聲音，日語、臺語、英語和國語歌曲輪番唱出，有時看守者猛拍鐵門，一下沒了聲音。柯老師的歌聲像老鼠，探頭探腦沒看到貓，又溜出來，回盪在門廊斗室，輕得像風。

聲波掛上一排排高低音符，起起落落，列隊鑽進他腦紋深處。他對自己說起日語、英語，就著燈光熬夜讀書，朗讀字句。作息日夜顛倒，一直折磨他的背痛、胃痛，有如隨時刑求的特務，讓他無法想事情，也讀不下書。每當病痛蔓延，求醫不得，只能呻吟翻滾。他就這樣打起手槍。往往射精後一陣顫抖，疼痛竟緩緩散去。獨囚十一個月，他就這樣對付自己的身體。時間足夠讓他撿拾各種訊息碎片，讀書之餘，他時時按摩肚腹，思考關於那場失敗的意義。

他知道那六個人逃走後，大概十天就被抓了。他們搶走的槍和子彈都沒用到。事情在五月底塵埃落定，五人槍決，一人判刑十五年。據說也有警衛連士官兵被判刑處罰，甚至槍斃的。許一文還聽說，這場暴動是受到教授脫逃出境的影響，真是胡說八道。很多事情其他人不可能知道。只有他跟死去的人曉得。所以他感念那幾個犧牲的弟兄，沒有牽連其他人，把所有後果扛起來，從容就義。此時的他，當然不曉得日後有許多人好奇著他身在其中的角色。獨囚過後，他與眾多獄友一同被打包轉往綠島。

車到新公園，打斷他的思緒。他下車，苦思該往哪裡去，竟發現自己走到總統府前的介壽路，遠處憲兵頭盔反射的金屬亮光，有些刺眼。他莞爾，才逃出圍捕，結果他大搖大擺在總統府前現身。他想起黨外朋友在華江橋一帶開自助餐店，隨即又跳上計程車前往。許一文的意識，再度如晨間車流，經過一個個路口，漸漸匯聚起來。他低頭望著雙手，左手大拇指刮出一道不淺的傷口，前一趟車程已用衛生紙止血，仍冒著組織液，微微刺痛。他愈是凝視傷口，愈覺得那是一道張開的女陰。

他想起年初，一群朋友聚集在只剩女人的高雄橋頭余老家，幾個同行女生動手做大字布條、寫大字報。出嘴的男人們，掛上寫著各人名號的斜背布條，大夥就起步遊行，直直走到橋頭街市，硬是招搖繞了小鎮一圈。他們磁鐵般沿途吸引民眾加入行列，白膚棕髮的琳達極為顯眼，也吸引警察、特務靠近包圍，他見狀撥開層層人海，來到她面前握住她的手，強調「這是我太太」，不是什麼來路不明的外國人。回程車上，大家興奮未退，同車伙伴歡快喊出「我們強暴了戒嚴法這個三十歲的老處女！」。他們彷彿搭上民主列車，將衝破層層禁忌，筆直奔向目的地。

許一文這一生都跟情欲糾纏不清。日後他坐完最後一次牢，他會說，坐牢二十五年的時間都不算，他的身軀樂於在一具具流水線般的女體間進出。即使在軍中、在牢內，他總能找到辦法，做他口中的「累佛」之事。獄中歲月長，他勤奮讀書、擘劃國家大事之餘，也發明了二、三十種性愛姿勢，等著找機會跟當時的愛妻實踐。心願在妻子向獄方哭鬧、奔走求來且長達半年的保外就醫期間實現。在之後另一趟保外就醫期間，他在院內狹窄的公廁小隔間，對著愛妻使出設想已久的動作。他如此全心全意對待愛妻，最終卻換來她絕情離去，而且還與他最厭惡的婊子姘在一起。他知道愛妻在外為他奔波十多年，也是牢裡接見最多的家屬，豐厚接濟更讓他在獄中不虞匱乏。但他只要想到愛妻跟別人抱在一起的畫面，他就怒火中燒，無法容忍。他日後將不斷提起這位前難友「毀家奪財」的行徑，用以反覆證成自身的高貴。

許一文思及他們夫妻結束關係不過三年，回想起來卻像上輩子那麼久遠。過去十五年無法做的，全在短短兩年半做盡了。他出來後，在仁教所認識的蘇老，邀他到雲林幫忙選舉。許一文被他創造出來，用來承擔總幹事的種種任務。他在若即若離的虛構中，獲得一點虛幻安全感，或許那時就明白自己早晚會再進去。他是大夢歸來的李伯，是遊過龍宮的浦島太郎，但那並不妨礙他繼續造夢。他拿出從仁教所夾帶出來的囚服，噴上編號299，要蘇老穿上，也讓六個小孩穿著前後寫著「我的爸爸有罪嗎？」、「我的媽媽有罪嗎？」的衣服上街，在所有蘇太太競選省議員的宣傳場合，醒目地提醒所有人，這不只是一場選舉，而是一場民意測驗。

許一文那時常戴墨鏡，背隨身小包，冷漠在旁，安排四輛宣傳三輪車路線，反覆播放主題曲〈望你早歸〉，讓那個秋天飽含悲情的肅穆。許一文在競選總部認識了各地前來的年輕人，也有美國來的年輕小姐。這是他第一次接觸外國女人，而且能通國語。綁著金黃長馬尾的柏小姐，抱著觀察臺灣選舉的好奇，在選前十天陪他們掃街拜票。明顯融不進周遭人群的許一文，卻怪異地吸引她的注意。他充滿稜角的臉，和緩而機智的談吐，關於當前政治的見解，在獄中度過十五年青春歲月的經歷，像是滿載賀爾蒙的砝碼，堆砌出重量感，也迅速壓倒了柏小姐。

許一文沒想到出來後的第一個愛人是開「洋葷」，而且這個女子自由、開放，彷彿象徵眾人渴望的理想國度。柏小姐的中文好到可以對許一文說，你要知道，儘管你貧無立錐之地，卻富可敵國。許一文一時不明白，他只看到自身的貧窮，不值一文的未來。他本來以為，有機會跟柏小姐攜手往下走。選舉過後，蘇太太以第一高票當選的歡樂氣氛，沒有在他身上維持太久。他再次思考該往哪裡去，柏小姐卻告訴他要離開了。許一文錯過了叛逆的六〇年代，一如臺灣錯過整個世界的六〇年代。他並不理解，女人不再是他能夠掌握的附屬品。女人同時向身體裡，也向身體外廣泛探索，她們離家出走，試著成為她們自己。柏小姐只是第一個，接下來的戴比，還有之後的琳達，都會讓他明白：她們會給你甜頭，可別妄想她們事事配合，隨你一手操控。

他寫的小冊子闖了禍，再次被捕的威脅有如夢魘。他心想，明明國民大會、立法院、監察院已三十年不曾改選，只放出一點增補名額給臺灣人，他的提議不正是幫忙解套？——凍結這三個中央機構的人事，使之變為類似英國議會的貴族院，而讓新設的第四國會有全面普選的民意基礎，成為平民院。連這麼溫和的提議都要查禁，他只能抱著隨時二進宮的準備了。恰好朋友輾轉傳來美國女子琳達的徵婚啟事。他曉得琳達是美國名校研究生，關心女工也關懷人權，他知道她有臺灣男友，但她跟黨外走得太近，簽證即將到期。許一文把握時機「和番保身」，迅速談妥婚事。這樣一來，他們一個能繼續待在臺灣，一個獲得隱形的美國防護罩。

許一文出來後一週年，居然要以公證結婚慶祝。當天他們急急忙忙趕抵美國大使館，擔心他安危的女友戴比竟也跟著朋友一同到來。許一文看看琳達，再看看戴比，他們一時靜默無語。許一文料想琳達大概知道他跟戴比的情事了。琳達主動對戴比說，結婚給我，妳陪他出去度蜜月。創意無窮的許一文當場要她們別爭了，三人一起去旅行。許一文是這樣放任自己的欲望，卻要求女人對他忠誠。但他們根本沒空出門。緊接著要籌備年底的中央民代增額選舉，黨外各方人馬需要許一文等人南北串聯，共同協商互相支援的辦法。

自從他當蘇太太的競選總幹事打響名號，接著做黨外助選團總幹事，光環愈來愈大，也遮蔽了身旁的人。他知道琳達不甘於做個服侍丈夫的妻子，也不願只當個黨外助選團的英文祕書，她仍在建構臺灣與海外的人權救援網絡。許一文控制不了她，也沒空控制她。以現在的術語形容，他是「時間管理大師」，在紛雜工作之間，他依然能擠出跟其他愛人密會的空檔。這也是他多年在牢裡鍛鍊出來的囚犯哲學：坐牢就是以空間換取時間。儘管只有一方小小坐臥之地，他卻有漫長時光可以讀書和思考，把許多事情細細想清楚。而自由人縱有廣闊的天地，卻沒有時間好好靜下心讀書、吸收知識。他隨遇而安，也不絕望，就這樣遊走於繁多事務和女體之間。

他跟琳達終於排出時間度蜜月，當然也加上了戴比。他們一路往南，拜會地方同道，逐一巡禮他的人生軌跡。來到臺東泰源監獄外，他的思緒飄回八年多前，那五個已成亡靈的難友彷彿散落在牆內外的山林與建築，隨風飄搖。

那時的他還不是許一文，只是羈押在泰源監獄的眾多政治犯之一。他有些政治異議，但也不過是少年人之間隨口說說的意見，卻隨他從小金門、大金門、警總保安處、軍法看守所一路灌水成預備叛亂的組織案首。他在這些密閉的場所，認識了不少同樣被吹成叛亂案的難友。他逐漸感到這是一股巨大網羅，許多年紀相仿的年輕人，因為這個那個案情牽連，被收束到這些水泥盒子。每個人說起故事，總要牽扯到另一個人，就這麼交織成一個迷宮般的大故事。好像他讀過的《天方夜譚》，一個故事包含許多故事，而那許多故事又包含更多故事。

當他進入泰源，頭上是看不到盡頭的無期徒刑，他只期待臭頭仔早點死，就有望減刑放出去。他無事可做，就任性做自己，要他性格剛烈的妻子在外奔走陳情，幫忙申請保外就醫。他知道自己很幸運，多少難友同他一樣背著大案，從一個無名小卒拱成首謀，卻沒人有他那樣的另一半，死心塌地用盡一切辦法維護他。從北到南，從西到東，乃至外島，他妻子總是不畏長路，登上接見第一多的家屬。有妻子的援助，他可以在獄中安心發牢騷，抱怨健康狀況，抱怨妻子不多來看他，規定妻子不可跟一些囚犯家屬走太近，要求妻子好好養育女兒，要求妻子忍讓他的兄弟姊妹，要求妻子奮力陳情。

人人都知道他有個好妻子。他們甚至好到在他花蓮保外就醫的半年間，可以懷上第二胎。他有時忘了自己的幸運，在信中一會極盡羞辱妻子，一會反省歉疚，在保外就醫那些無法上鎖、隨時有戒護員查看的病房要求「累佛」，而無法為妻子著想。他半認真要妻子有信心，等臭頭仔死，他就可以出來，以後他做總統，那她就是總統夫人。妻子對這種異想天開的說詞見怪不怪，任憑他拗折身體，演練他想出的姿勢。儘管如此，許多年後，不論他或當時的妻子，都覺得那半年光陰，是他們僅有過的家庭生活。他是一個擅於思辨、熱中性交的普通青年，而他也強烈索求妻子，直到他再度被送回牢裡。他們只是一對暫時被牆阻隔的夫妻，他們只有耐心等待。

他知道有幾個人也在耐心等待。刣豬仔趁著放露天電影，兩棟監所的人坐得近，找他談過行動的事。刣豬仔雖然出身陸戰隊，但沒什麼軍事知識，嘴上說說，也沒什麼結論。從他入獄，在各個押房出出入入，總會遇到懷有這類反抗念頭的人，卻不見行動舉事的機會。他覺得實在太難了。時日一久，他只當耳邊風，照常跟同房人學習英文，做總統大夢，等著哪時再出外就醫跟妻子溫存。

泰源日子不難過，比較其他牢獄，這裡相對平靜。他見過紅的跟白的爭吵，多半是些無聊瑣事，彼此受不了言語上的刺激。他跟兩邊的人都處得不錯，不明白哪有什麼深仇大恨要那樣腳來手來鬥嘴鼓，大家不都是給臭頭仔關進來的？裡面一些紅的，像林桑都要坐穿牢底了，一副若無其事，照樣跟年輕人談共產主義、談馬克思，傳播思想體系。也有些被屈打成紅的老外省，擺明挑釁，故意講中共要是來解放臺灣，第一批要做掉的就是這些搞臺獨的本省人。分飯菜吵，看電影搶座位吵，外役工作還是吵。也許意識形態就如胚胎，隨著環境導引，逐漸分歧，往不同道路發展，到最後就是田無溝、水無流，彼此難以溝通。這些摩擦、對立演變成日常戲碼，人也透過意識形態這個篩子，互相形塑成兩派陣營。直到阿興轉來，不過幾個月，行動之日加速逼近。

阿興跟他算是知道彼此，同因一些共同朋友的交集，牽扯到相近的臺獨組織叛亂案。阿興來後不到兩個月調至洗衣部，跟原本有所籌謀的刣豬仔這些外役開始積極討論，也來找他討論過起義宣言稿。他不清楚，這個計畫究竟牽了多少人，但他知道，可能快有動作了。阿興似乎打算由他們幾個外役發動，但他認為應該裡應外合，成功機會較大。短暫交談不了了之。

舉事計畫並不如策畫者想像的那麼嚴密，開始有風聲在放封場、押房之間流傳，有什麼事將要發生的氣氛，隨著冬日寒流的冷空氣，四處徘徊。有些謠言如枝芽岔出，自生自長起來。紅的那方，聽聞獨派暴動若成，一方面要向國際宣傳國民黨關押大批政治犯的事實，一方面則要屠殺紅派人士，表達反共決心。這與紅帽子期待解放軍來臺鎮壓獨派勢力多麼相似。兩邊的人都在各自信仰中，不知不覺模仿彼此。紅派曾有人提議巧妙洩密給獄方，但最終採取「不檢舉、不參與、團結自保」，對白帽子的計畫「樂觀其成」。密閉空間的兩股壓力，一點一滴滲透到日常的恐怖平衡，逼到其中一方失衡。

一九七〇年二月八日，大年初三近午，那幾個外役動手了。

許多年後，事件的倖存者、旁觀者，各自編織一套情節，縫補他們在事實與認知之間的落差。好比說，在福利社小吃部待過、也在車輛保養廠做外役的阿良，在某些敘述中，與鄰村的原住民姑娘談起戀愛。好比說管理豬圈、擅長殺豬的刮豬仔，如何大膽布局，甚至吸收眾多警衛連士官兵加入起事。這些故事有著修補過度的邏輯，他們先是起義不成的犧牲者，再來是有謀畫的志士，最後是從小蘊含臺獨反抗思想的青年。但現實的發展往往沒有清晰脈絡可循。帶著兩個美國女子重遊故地的許一文，在泰源監獄牆外，隨口簡述當年獄中發生的失敗起義。他也曾跟黨外朋友提過這樁少有人知的往事，並表示自己算是頗有影響的當事人。颳著大風的縱谷，枝葉搖曳，他陷入回憶似的對兩個聽眾叨叨訴說。他感嘆，要是當年成功了，不知道會怎樣。

許一文出了計程車，找到朋友的自助餐店，隨即藏匿在二樓。接著朋友的家人轉送他到永和，找以往的難友家另做打算。許一文已非一文不值，而是懸賞五十萬元的高額通緝犯。他在幾個友人家流轉暫居，每日從報刊、廣播和電視上得知追捕自己的消息，懸賞金額也在中華航空的贊助下翻倍成一百萬元。他躲在不同房間，透過不同難友探詢協助之時，他發現自己被黨國大手筆塑造成危險的「江洋大盜」。

他想起去年底一晚，他難得能與琳達一同出門晚餐、看電影。他們穿上琳達準備的閃亮夾克，嬉鬧出門卻招不到計程車。他乾脆回身到亦步亦趨的跟監車輛，請特務載到火車站前的希爾頓飯店。四人一組的特務不僅開車送他們到飯店，還與他們同桌吃披薩。吃到中途，捏著半片披薩的特務換班，另一組人繼續接手用餐。特務埋單，隨他們一起散步到電影院，還幫他們買票。

他們在特務左右包夾的狀態下，一同觀賞當年轟動世界的《星際大戰》。年輕的特務看得比他們還投入，不假思索為反抗軍的天行者路克、韓索羅鼓掌叫好。琳達後來跟他說，沒想到他們還知道誰是反派呢。不到兩天後，一九七九年就在美國正式與中共建交之日開始了。據說那部電影續集即將上演，可惜他無法陪琳達一起看了。

那陣子，他思緒紛亂，恍然想起，老謝還是誰跟他提過，當年在紐約刺殺小蔣的人後來棄保逃亡，人間蒸發，十年來不知下落。要是可以，他還真想聯絡對方，幫忙想想有什麼脫身妙計。最終，他請牙醫朋友幫忙整容，劃開他的臉頰和下巴，改頭換面，伺機出境。他那時不知道，這個偽裝辦法與十年前教授易容逃亡的安排有著意外巧合，只是這次，等待他的卻是失敗。當他頂著一張腫脹、貼滿繃帶的臉，被冰冷手銬的金屬觸感圈住手腕，心頭閃過那幾個逃亡被捕的泰源亡友。他也想起，高雄那一夜，在煙霧瀰漫、人聲沸騰的遊行現場，擔任遊行總指揮的他，對一同站在宣傳車上的琳達說，為了今晚坐牢一輩子，我甘願。

起義

不過總指揮並非敘事主軸，他的故事比較像一條通往五位死者的隧道。

假設以事件首謀的阿興和刣豬仔為出發點。阿興從高中同學那邊聽說過教授。那位同學曾與教授關同房一段時間，教授跟他聊了不少，他甚至主動幫教授洗衣服。阿興跟同學當年決定分別從不同管道準備日後的反抗。同學去讀大學，深化知識，而他投考軍校，深入軍隊。如此看來，阿興其實是另一版本的總指揮：他們都認為只有進入軍隊，才有機會接觸到武器。總指揮認為，要有一百個排長、幾十個連長，才有創造起事的條件。只是阿興還來不及從軍校畢業，就被牽連入獄。命運讓他跟教授的學生老謝分到同一牢房。他從老謝身上得知自救宣言的內容。從軍校到獄中，他愈來愈感覺，外面的世界不過是他正在體驗的監牢縮影，許多人是被製造出來的假共匪，而且也看不起本省人。外省人占據軍公教大部分位置，而黨國掌控著軍公教。

幾年後他從安坑移監到泰源，恰好有軍校同學在此駐防，調他當洗衣部外役，他才知道有個醞釀數年的計畫存放在某些難友的心裡。比方那個戴目鏡的刣豬仔，有回在溪邊找他聊天，談起彼此的案件。刣豬仔告訴他，同案幾個海陸仔也都在這裡。他知道他們那個大案子，也討論過當時出了哪些問題，導致行動不成、事跡敗露。刣豬仔推推鼻梁上的黑框眼鏡，感嘆無真車拚，現在歸日佇遮飼豬，日子度著度著親像度老命。

刣豬仔身上散發混著泥巴、發酵大糞、烹煮雜菜飼料的豬圈味，那是阿興在老家熟悉的氣息。他來不到三個月就看出，這裡管理鬆散，圍牆外的福利社、汽車保養廠都有囚犯外役，樵木隊、農耕隊的外役忙著在周邊山林幹活，豬圈有專責外役，醫務室的主力也是外役擔當。牆外的可以自由進出監房，穿便服到福利社打彈子、串門子，像普通阿兵哥跟駐防的士官兵混在一起，有時互敬菸酒。大多外役沒進來前，本來也就是普通阿兵哥。

圍牆內的菜園、伙房則是另一批內役負責。輪調駐防的警衛連組籃球隊、排球隊下場跟囚犯隊比賽，不仔細看身上的衣服，還以為是哪個男校運動場。刣豬仔似乎跟很多人談過，大家都知道有個計畫，但沒人知道計畫是什麼。蒐集意見的過程，他們漸漸碰到難題。例如獄中有與軍方定時對呼的電臺，一旦發生事情，可以緊急呼叫援軍。如果幹掉通訊員，不知道對呼密語，對方同樣會起疑。屆時空降部隊將會在四十分鐘內抵達。又例如成功奪槍後，他們要立即釋放監獄押房所有願意參與的人，醫務室的接應要打開大門，讓大家跳上卡車、吉普車前往臺東市區跟電臺所在地。但四十分鐘車程可能到不了市區與電臺。他們對行車路線也不熟。許多事項都定不了案，阿興乾脆先寫宣言書。他寫了幾種版本，跟幾個人談過，其中也包括總指揮。

幾十年後，垂垂老矣的總指揮看到檔案留存的宣言書，不確定是他寫好交給阿興抄（他覺得內容是他的一貫想法），或是阿興自己寫的。無論哪種版本，阿興重新謄寫後，交給刣豬仔保存。刣豬仔請阿良刻好宣言書鋼板轉交給鄰近天主堂的神父幫忙油印，還請求錄製國語、臺語、英語、日語的錄音帶，準備占領廣播電臺後播放。刣豬仔將這些物件包在塑膠袋，埋在豬圈，等待前往市區再來挖出。

從他們兩個的視角看出去，外役幾乎都有行動共識了，刣豬仔甚且試探過幾個警衛連士兵。舉事風聲散播得很快，押房內外都有一撮撮小團體竊竊私語，有人想像力豐富一些，有人當是耳邊風。計畫長出形體一般，滲進兩個監牢區的押房，觸發囚徒的不同反應。有人把日常緊張添加到計畫，造成另一些人的不安。某些人的不安來自起事前的焦躁。好比說，汽車保養廠的阿良負責用手搖金剛石磨製匕首，就需要常跟醫務室的阿寬拿鎮定劑。他對阿寬說，以前被抓是真的不懂事，來不及準備好，這次就不一樣了。阿寬調到醫務室幾個月以來，趁著出公差估算前往市區的路程、路線，也負責計畫的開門任務。某些人的不安來自想像。想像若舉事成功，他們這票政治立場不同的人會遭遇不測。

不安繼續膨脹，影響兩股壓力的平衡，慢慢導致計畫似乎不做不行了。阿興不想再來一次什麼都還沒做，就先受罰，刣豬仔也不想。他們決心拚一場。阿寬也不再反對行動了，趁著過年前，花光身上的錢請福利社多進幾箱蔘茸、五加皮，讓大夥好好喝個夠。

刣豬仔他們幾個在後來的敗走之前一星期就嘗試起事，但時機不佳。那幾天他們換上與警衛連制服相近的草綠色軍便服，以便伺機行動。

年初三近午，刣豬仔準備在牆外衛兵換班時動手。不料他刺了老芋仔班長一刀未死，詹仔從後補刺一刀，班長還是發出求救呼聲。他們急忙奪槍，阿興也在附近衛哨奪槍，接著輔導長帶著一隊士兵匆忙趕來，刣豬仔擊發兩槍（第二發卡彈），東榮仔也發一槍，隨後從柑仔園方向逃走。失敗的後面還是失敗。那個被他們刺兩刀，後來失血過多不治的班長，身上就帶著警衛連槍械庫鑰匙。若是他們當下豁出去開槍，結果或將大大不同。他們會照原定計畫，開監放人，到豬圈附近，挖走宣言書和錄音帶，開庫房取走全部槍械彈藥，跳上卡車和吉普車，奔向他們的計畫終點。他們最後還是會死，但總算車拚過了。門戶洞開的監牢，多數人可能逃散四流，也可能有人主動留下，表示不參與暴動。當時的三百三十一名囚犯，多半會在事件後遭到血腥清算，成為另一道巨大的歷史傷口。但事情沒有這樣發展。從他們決定不大肆開槍傷人的那一刻，計畫就失敗了。可能他們多少明白，這個計畫會失敗，只是不確定會發生在哪個環節。

阿興和刣豬仔在行動前，說不定有過這樣的對話：

前幾日，《中央日報》有報教授偷渡成功，這聲予臭頭仔卸世卸眾，想著有夠爽。一个中國，一个臺灣，早已是鐵一般的事實！伊當初時宣言寫著有影正確，咱若有成，臭頭仔就愈卸面子。

有成頭痛，沒成嘛頭痛。你有想過，沒成會安怎？

應當講，有成痛頭，沒成刣頭。其實我臆，沒成的機會較大，咱要有準備。

欲準備啥？

咱遮計畫講起來，實在沒足完美，變數真濟。擱要配合警衛連輪調進前動手，若無，你熟識彼幾個兵攏換去別位，擱著重來。是有一寡趕。

這擺過年沒做，可能擱要等一年。有時就是憑這口氣爾爾，若乎散去，也免想欲做。而且，計劃做這，沒可能準備到百分之百才做。莫說別項，干焦彼包物件埋佇遮，攏有可能予豬仔翻出來。大家嫌豬條臭，較袂偎來，但是彼些兵仔來來去去，也掠不準。

遮事先準備，咱只有盡量做。我講的準備，是萬一失敗，無死，予控起來，到時問話，咱要有準備。

問話咱攏有經驗。到時就盡量講攏是咱兩个主張，極加阿良、詹仔、東榮仔就好。其他反正沒瞭解偌詳細，沒物件好講。

阿成哩？

阿成看情形。伊一箍厭厭，天天，哪像無咧用頭腦。

到時，一个原則，就是假影咱是一時衝動，無想太濟，嘛未曉計劃完全，親像咱是戇仔。偌問咱的關係，攏講不知影、無確定、毋捌聽過就好。盡量莫牽拖別人。反正佇軍中，全款上下交相賊，佪嘛是驚出包。不管咱有成沒成，佪攏算出包，差別較大包抑是較小包。

啥物是「上下交相賊」？

頂面佮下面會串通合作啦。親像咱去上課，講是感訓，其實是洗腦。教官知影咱無咧咻𤺪，予大家私底下抄來抄去，做一个款。有一回，毋是有人講，我攏抄伊的，免再唸一擺仝款的吧。教官就姑情大家，該唸就唸，莫按呢老油條。

按呢有瞭解。對啦，聽講恁厝內人毋捌來看你？

我頂擺寫批轉去，有交代阮小弟千萬毋通過年時來遮看我。以後才說。

你按呢，厝內人會有遺憾。

這無法度。親像我當初時予捉入來，根本啥物攏猶未開始做。恁至少有試過欲衝。

你講我，啊你後生呢？

阮後生有阿公、阿伯、阿叔、阿姑鬥顧，應該參今馬差不多。其實咱哪有差，會使講仝款猶未開始。顛倒入來，才熟識原來全臺灣四界攏有人想法參咱差不多。無入來，閣毋知欲去叨位熟識哩。

這嘛歹講。裡面嘛有不同立場的人。像彼陣紅帽仔。我進前佇安坑，定定參個冤家、相嚷。其實個的理念，我嘛毋是攏反對，只是參外省仔講不來。抑無，個時常唱彼條〈國際歌〉，我嘛有佮意，起來，饑寒交迫的奴隸！起來，全世界受苦的人！有無，這我有寫入宣言內面。

人佮仝款入來才有機會結做伙啊。擱再講，就算仝立場，仝款冤家。你看我做伙飼豬的，三不五時就揣我麻煩。後來阿寬苦勸，講若閣冤落去，我調內面，加衰的。以後伊閣來，我就講「我驚你啦」。免睬伊啦，反正伊沒來亂就好，咱照咱的步去行。

他們兩個倚在豬欄旁，各點一支菸，緩緩抽著。冬日微寒但天清氣爽，對著溪流，水聲潺潺，一時無話。警衛連營舍、車輛保養廠、福利社平靜得一如往常，升旗臺的旗幟慵懶輕揚，大門衛哨，監獄周邊的哨兵，端著槍，打著哈欠。監獄圍牆旁的柑仔園不久前收完一批果實，暫時沒什麼事做，農耕隊外役詹仔、東榮仔、阿成在園林稍遠處摸魚納涼。他們三個就等刣豬仔喊「開飯」。阿良躺在軍用卡車底下閉眼休憩，他一個月沒睡好，只有假裝維修保養車輛鑽到車底，才能稍稍緩解焦慮。

事情發生後，他們在山間一處簡易工寮碰面。失敗讓他們更加沉默。有人提議飲彈自盡，帶頭的兩人說，如果這樣，他們就真的只是劫槍越獄的逃犯而已了。他們最終決定，放下槍彈，換裝分頭離開，盡可能拖延時間。運氣好的話，可以把消息傳出去。儘管就連這點他們也毫無把握。他們分別逃了六天到十天不等，軍方出動三萬多人追捕搜山才全員逮捕。他們先被羈押在警局，接著北上轉往安坑看守所。阿興幾個月來繞了一大圈，又回到老地方。在他們等待必然一死的審判期間，他們收到一些暗示。押在獨居房的阿興想，果然是上下交相賊啊。

疑似泰源獄方的信使傳話說，講知道的就好，不知道就不要亂講。他們原先最擔心牽連其他三百多個難友，尤其是那些配合行動的人。最終他們努力扮演思慮不周的肉腳，什麼都沒規劃好，行動也一塌糊塗。幾次審問下來，那些包在塑膠袋、埋在豬圈的物件完全沒人提，阿興和刣豬仔推測獄方的人趁機處理掉了。他們只有在刣豬仔身上搜到一些宣言文告的草稿。其他什麼都沒有。撐過最初的審訊拷打，阿成也扮演成臨陣脫逃的豎仔，有望逃過一死。最後的時日裡，阿成跟家裡要錢，三不五時買滷鴨送去給其他五人吃。

阿興在洗衣部的舊友某天傳來「太子」在美國被刺殺的消息。他的興奮瞬間被「可惜沒打中」熄滅了。但這個消息代表著，至少在美國，也有跟他們想法一致的臺灣人，嘗試破壞蔣家的統治算盤。他不免想像，如果當時選擇升大學，搞不好也有機會去美國讀書，享受自由的空氣，親眼看看那是怎樣的民主社會。他想去看自由女神像，登上大金剛爬上爬下的帝國大廈，從頂樓俯瞰整個紐約。

他想，教授跑去的瑞典，又是個怎樣的地方？美國、瑞典、紐約這些於他都是遙不可及，有如外星球一般的詞彙。但人類不是已經登上月球了嗎？接下來應該也可以前往其他星球吧。他卻只能在這小小斗室，聞著不知累積過多少死人的屎尿味，發呆等死。忘記一個人要多久？他胡亂想著，多少年後，他的爸媽、弟弟妹妹們將不會記得有過這麼一個大哥？等到爸媽弟妹都離開人間，又有誰記得他？他想起宣言草稿寫的：現在我們已沒有眼淚可流，我們已沒有耐心可忍，剩下的唯有鮮血，這是多年來我們所珍藏的，現在我們亦把它獻給敵人，獻給世人，我們並不準備讓你們歌頌，但求苦難的同胞，不再被壓迫與奴隸……一切堅固的東西終將煙消雲散。煩躁時，他也翻翻求來的聖經，拿著使徒保羅說的，「那美好的仗我已經打過了，當跑的路我已經跑盡了，所持的信仰我已經守住了。」慰藉自己，再忍耐一下，盡頭就要到了。

老是睡不好的阿興，心思雜亂到衍生一個夢。彷若翻版，在比較乾淨、明亮的畫面中，有六個囚犯，也在某個監獄裡準備舉事。

他的視角飄升半空，俯視六個光頭男子從工場離開，似乎要去看診。其中有人分拆工場剪刀、鋼條藏在長袖遮掩的手臂中，沒有交回。六人順利通過檢查隨便的獄警，來到醫務室看診，趁機刺傷獄方人員，接著衝往行政大樓的接見室，打算擊破玻璃逃離。他們嘗試了一會，發現無法突破，便轉往旁邊的戒護科，刺傷執勤人員，占領辦公室。他們拿滅火器破壞槍械室、彈藥室門鎖，取出十把長、短槍和子彈，挾持獄方人員當人質。

他看看牆上時鐘，整個過程不過十幾分鐘。他不禁比較起當初的行動狀況。如果只是要逃，機會多的是，但泰源周邊荒僻，唯一可能的方法只有趕到港邊伺機跳船偷渡。要說拿到槍彈，他們也確實到手了，只是開不了槍。

他注意到警方動員極為迅速，在六人還沒取得槍彈時，監獄外面已有大批警車、警員陸續前來包圍。他隨即想起，當初獄中有個曾到美國留學的軍官勸過他們，軍方將會快速動員大軍包圍。獄方已知出狀況，調動大批人員拿盾牌到行政大樓出入口戒備，看似監獄長官的人卻到走廊與持槍囚犯勸說，某個囚犯鳴槍四發，有三個獄方人員被挾持押著。這中間，他看到有個獄警從工場提了一個受刑人似乎要前往舉事地點，他們走到廣場的孔子銅像附近，那名受刑人看似有點疑惑，另名獄警靠近說了幾句話，他們隨即匆忙退出廣場，沒有走到行政大樓。

夢真實得像是等速前進的時間感，他就這樣看著這群人押著三個長官（他搞清楚了，那是典獄長、副典獄長和戒護科長），在監獄的封閉過道裡走來走去，像要試著逃脫。他從更高更遠的視角，看到一側出現一輛疑似前來接應的汽車，但他們根本無法踏出門口，一陣槍聲交響。他看著看著，覺得有點疲憊。他疑惑，夢裡也會想睡嗎？他看見警方找來囚犯家屬，在外面以擴音設備喊話。宛如包巾圍起來的監獄外層是黑壓壓的警員，再向外一層則是電視臺記者和許多掛有碟盤天線的廂型車，既熱鬧又荒謬。那六個傢伙要求菸、檳榔，還要掌上型電視、報紙。

他們的公開訴求，大意是有前科的累犯假釋門檻太高，在裡面做工收入太少。他不理解。畢竟他們關在泰源的人，都是被國民黨抓進去，很多人根本沒前科，也沒做什麼傷天害理的事，在裡面做工一樣沒什麼錢，都給監獄汙走了。但他被這句話觸動：「我們活得連尊嚴都沒了，還要拖累家人，那就剩拚了跟自殺這條路。」之後幾個小時，他愈看愈累，好像真的一起熬夜看現場直播，中間穿插槍聲、某個人來又去，送了菸、酒、檳榔進去。一陣激烈對話般的槍聲，無人傷亡。

最終，這六人走到樓旁廣場，對著彼此開槍，最後活著的那人，拿槍指著自己的太陽穴，遲疑了一下，再度提槍對準擊發，倒下。躺臥在地上的軀體，血跡濺灑，傷口汩汩冒出深紅。遠方有光穿刺雲間，朝陽迅速融掉雲朵般增溫加熱，轉成難以直視的光芒。

他眨眨眼，惺忪回到有如烤箱的獨居房，渾身冒汗黏膩，牆縫有一隊螞蟻拉得老長，延伸到鐵窗縫。幾隻脫隊的螞蟻在他的鋪位牆上迷途。他回想醒來前那個長長的夢，恍惚矇矓，想來是做了預知夢吧。雖然夢中器具、景物皆真實得像在不遠的未來，但這也是他們的終局。

等待死刑判決覆判的日子裡，他們知道阿成可以脫身，總算稍微放心。他聽說東榮仔、阿良的家人都來會面過。他回想自己跟爸媽的會面相當沉重，有限的時間裡，只能說些不著邊際的話，再沒機會見到弟弟妹妹了。他偶爾想遺書該寫些什麼，每每無法想得太遠，畢竟手邊無紙筆，思緒紛亂理不出幾個有條理的句子來。他在裡面遇過不少奇人異士，有人記性超群，任何書只要看過一次，就可以背誦。他也想具備這種能耐，在昏暗、臭氣撲鼻的囚室，不斷回想書的內容，反覆咀嚼。日日重複的關押生活，有那麼多時間，卻只能無所事事，腦海漂浮許多碎細殘渣，想什麼都浮躁，只能隨手翻翻聖經。他想，一個將死的人，最痛苦的莫過於不知何時要死。

四月初他們拿到紙筆寫下最後的話，本以為時間就快了，卻還是在等。他並不覺得懊悔或冤枉，也坦然接受這份代價。但這可能是坐牢最痛苦的煎熬，比起折磨肉體的刑求還難受。因為在等待中，無法停止去想、去感覺。他翻到聖經最後一部分，讀到「不可封了這書上的預言，因為日期近了。不義的，叫他仍舊不義；汙穢的，叫他仍舊汙穢；為義的，叫他仍舊為義；聖潔的，叫他仍舊聖潔」。已經西元一九七〇年了，說著「是了，我必快來！」的主耶穌，仍然沒有來。

五月二十七日，覆判判決書終於下來。他呆看牆面汙痕，想像家裡人來領他回去的時刻。一段以前讀過的法國小說句子闖進腦中，也許接到電報通知的弟弟妹妹是這樣感受：今天，哥哥死了。也可能是昨天，不知道。家裡收到了監獄發來的電報。這也不表示什麼。也可能是昨天。

他懷疑自己或許活在一個最灰暗、最深沉也最虛無的噩夢，始終醒不過來。

他趁著放封跟刣豬仔談起那個怪夢。刣豬仔笑笑沒說什麼。他雖然要跟其他四人一起上刑場，其實彼此相處不多，如今也談不上太多話。刣豬仔無事人般，就算戴著腳鐐，照講他老家北港香爐人人插、糖廠路邊甘蔗眾人啃之類的玩笑。

同一日的美國時間，距離安坑一萬兩千五百五十公里的紐約，其中一名參與刺蔣的男子保釋出來，實際開槍的男子則繼續關在被稱為「大墓」的曼哈頓拘留所。他們親身體會到「大墓」何以被稱為「大墓」：原本設計容納九百多人的空間，塞進超過兩千人。他們分別被丟進兩人一間的牢房，卻發現裡面已有三、四人，菜鳥睡覺只能疊躺在髒汙的水泥地，貼著溼氣，任蟑螂、老鼠在身上自由來去。幸好美國的臺灣同鄉發起救援，甚至抵押房子集資，要替兩位當事人繳付高達二十萬美元的保釋金。兩人先後出來，碰巧錯過那年秋天的「大墓」暴動事件。他們並不知道，家鄉也發生一場失敗的監獄起義。當年跟阿興同房過的老謝，此時在外頭，風聞刺蔣一事，立刻找駐臺美國記者趕到當事人的家中採訪，試圖以外國媒體保護他的家人。老謝也不知道，那個短暫交會的軍校生阿興，將要邁向生命的終章。

他們五人一起離開的那日清晨，三百公里外的臺東，還沒當上總指揮的男人待在棺材似的獨居房，感到天快亮了。挨了整夜翻來覆去睡不好，胃隱隱痛著，背也不太舒服。
他掏出胯間的小傢伙，像要點亮一室昏沉那般，輕輕摩擦了起來。

逃亡

很長一段時間，教授脫逃之謎擺在小劉心上。他有事沒事就拿出來想想，像那些收藏玉石的玩家，不時賞翫、摩挲，把這個謎擦得晶瑩透亮。

他始終想不透，教授怎麼就像魔術師，砰一下，消失在箱子裡。但既然是魔術，想必有什麼機關。

當年第一批倒大楣的是那幾個報銷差旅帳單的幹員。小劉聽長官批評，盡找些小伙子執勤，嘴上無毛，辦事不牢，保險出紕漏。也有的說，奉派監控教授的主管太鬆懈，上下交相賊才導致這等結果。這事給小劉的警惕，莫過於明哲保身，老實做好公務員，才是道理。

傑老進去後，小劉所在的第一處人人自危，保不定誰又出問題。畢竟連傑老這樣立下汗馬功勞，用功十年瓦解廖匪臺獨組織、香港第三勢力「戰盟」的大功臣都能給逮了，誰能不膽寒？他只得裝作沒事，照常辦公罷了。

回想考進局裡，青潭新訓，傑老來給小劉這期新生講「國際現勢」、「當前國內情勢與本局調查工作的努力方向」兩門課，開了他眼界，小劉還想，要是日後分發到一處跟著傑老，一定能學到很多工夫。可惜他們共事僅有幾個月。傑老想不到，他自然也沒想到：一個受邀到副祕書長宴席的有功人員，飯局過後不到十天，成了「匪諜」、「叛亂犯」。

傑老是老資格黨員，在局裡幹了多年，百萬字反共文字和調查報告出自他手，本來辦貪汙還說得通，三處那邊卻有意見，硬要辦他叛亂。局裡人自然明白，這事肯定是局長授權。那時局長來了有兩年，施行人事調整、新政策，那些CC派、老中統是日益寢食難安，調職的調職，貶官的貶官，傑老的遭遇擺明又是一種處理方式。整個局子上上下下，洗成局長要的，誰也不敢再提「蔣家天下陳氏黨」。

小劉有時慶幸自己是光明正大考進來，不走誰的後門，既符合局長推行的大專生學歷要求，也不屬於老軍統、老中統任何一派。困擾也就在攀不了關係，凡事只能靠自己摸索，察言觀色。

在第一處辦公，小劉抬頭四顧，就能看到升遷之路。從最基層的調查員幹起，一階階往上排的調查專員、助理員、科員、科長、副處長、處長。晉升階梯對應公務員職等，從第一到第十四職等，從委任、薦任到簡任，什麼職等對上什麼官等，一目瞭然。小劉計算過，傑老升到副處花了十五年，本來眼看著要升任處長，更有可能往上幹到專門委員、祕書。按他的例子來推，運氣好的話，小劉應該也會在十五年左右幹到處裡的副座。

前提自然是他還在局裡工作。所以小劉沒料到，教授偷渡出境後，一干幹員、主管乃至副局長受懲處，空下許多位置，小劉隨即被調派到第五處服務。

彼時他工作資歷近五年，與其他處室的同仁多少打過照面，約略知道各單位的主要任務，可沒實際操辦過，不見真章。小劉原以為第五處的業務項目就是組織規章載明：

一、關於電訊之設計、布置與管理。
二、關於祕密交通之設計、布置與管理。
三、關於電訊之偵測與監察。
四、關於電訊機件之修造。
五、關於電訊器材之儲備、保管。

確實也要碰這些玩意，但那只是表面，實際業務是六處在做。五處做的是重中之重的核心業務：布建與謀略。小劉不明白長官為何讓他進第五處。在那衙門裡，像傑老那樣見多識廣，還肯慷慨大度、諄諄善誘的大前輩，可說鳳毛麟角。

同仁之間，尤其不同處室的人，大家談話都有默契不談太多手上的案子，也最好別探太多別人家的口風，唯恐犯「刺探機密」忌諱。同事之間，即使同處室，非必要情況，也不會主動談及自個的業務，這關係到收入。你拿獎金，還有機會分到充公來的財物，保不定惹了誰眼紅。局裡某某被中途攔胡，眼睜睜看著獎金飛了，時有所聞。

唯一例外是三處的學長馬面。他們出身同個眷村，打小就相識。馬面原先在基隆縣調查站服務，教授偷渡後，調回本部三處當科員。小劉總覺得馬面有點怪。「馬面」已是渾號，不知哪時又多了個「太空人」的渾號。

他們偶爾碰頭一塊吃飯，馬面老跟小劉說，三處八字輕的人真待不了。談起羈押在景美的一干前同仁，比如三處的蔣前處長，在裡頭被整得挺慘，最後多半要套上二條一。不過馬面談最多的往往跟太空有關，興致之高，彷彿回到少年時代。

小劉想起一處的傑老，此時同樣押在景美。人要心懷感激，單打獨鬥不能成事。這是他研讀傑老瓦解廖匪臺獨集團卷宗歸納的心得。印象中的傑老，手法正派，在分析材料中，找出可拉出、打入的人選，給予必要支援，成果水到渠成。所以小劉總是對義務工作員充滿感激。舉凡工作員的婚喪喜慶，人不到也託禮金到。

布建看緣分。雖然局裡人人知道「布建是調查工作之母」，實際做起來卻沒那麼簡單。他入行以來，情治單位不只調查局，尚有警總、情報局、憲兵司令部這些軍方系統的單位，警方的警政司、省警務處，以及黨方面的中二組、中六組，最上頭還有安全局，彼此競爭得很。

有人做事倒直白，在某些場合見了人，挑幾個私下碰面，開門見山端出「調查局」名號，就請人家幫忙，交報告，領津貼。他管這叫亂槍打鳥，碰巧打中是運氣。幹這行要靠運氣，那大概不脫那批盯梢教授的幹員下場。追根究柢，這些吃公家飯的，誰真幹過義務工作員、拿過津貼？他猜，即使有，大概也不多。這就是問題所在了：誰也沒幹過義務工作員，怎能體會他們的感受？反過來說，不懂工作員的心態，就無從掌握準確的情資。就這麼簡單。

因此開展布建工作之前，小劉想過，既然如此，得想個點子，不能像過去那樣隨便找了目標周圍的人來談，亮出證件，等著人家乖乖聽命行事。什麼樣的人會到處結識朋友，三教九流不拘？答案很清楚，就是做生意的人，而且要是小生意。於是他請託熟人設了個空頭公司，名義上做進出口貿易，還準備了幾盒名片。他跑過幾家報關行、貿易公司，到一些中盤商打過招呼，實際走訪幾家經銷商、雜貨店。小劉也不確定有什麼幫助，只是讓自己更像幹買賣的人。

布建這事就像做園藝，得花時間讓它長，修修剪剪，施肥換土。偶爾長出意想不到的果實，總是特別甜美。

像是民國六十年那回，小劉隨臺南站的外勤去成大附近逮人，靠的就是僑生住處巷口的雜貨店老闆即時通報。只要打打招呼，幾家雜貨店就可以幫忙你照看一個大學校園的動靜，挺划算。那僑生自然不明白發生了什麼事，他只是湊巧被選上的倒楣鬼。畢竟麼，這美新處給炸了，總得有人扛。

誰知後來，長官決議讓教授的幾個學生當南北兩樁爆炸案案首，僑生得另找事由。同事說這簡單，辦了匪諜。他們幹基層的，就是服從二字。誰都知道，抓教授的學生，是為了弄清楚教授怎麼擺了大家一道。「用了各種辦法，那幾個還是沒說，」馬面跟小劉透露，「上頭雷厲風行，非要早日破案，我們也只好風行草偃了。」

辦完爆炸案，猜想教授離開的法子，漸漸變成小劉的日常調劑。他平日讀各方工作員的報告，算津貼支出，報銷單據，擬簽呈，跑公文，開會，寫報告等等，細細瑣瑣的事務多如牛毛。第七號情報員整天出公差，吃喝玩樂兼泡妞，水裡來火裡去，果然只是電影。

小劉日日坐辦公室老長的，跟鄉公所公務員沒兩樣。他觀察四周的長官，除了定時游泳、打球的那幾位，大家每天收聽中廣，身形也日益「中廣」。每年的聯誼運動會，各處室、分站上場賽跑的總是年輕小伙子。小劉也是這樣的過來人。不知從什麼時候開始，都是學弟在場上，小劉跟同期的就在一旁哈菸扯淡。有老婆、小孩的自成一圈，各自交流父母經、育兒經，所有人都在抱怨錢不夠用。資深前輩，特別跟著黨播遷來臺的那些，老跟他們說要知足，以前有過薪水好幾個月拿不到，也有過沒地方辦公，然後自顧自說起前朝遺事，談祖師爺戴公如何創立藍衣社。

小劉幾個同期私下嗤笑，老傢伙就是憑著軍統背景，而且是局長那邊的人，才能幹到今天啊，要是當年站錯邊，早就進去了，保不定還屍骨無存。這些場合總是這樣，前輩開口憶當年，好漢要提當年勇；晚輩卻只想著柴米油鹽，養家活口。同期之間，能多說幾句的，則默默交換這位那位長官的訊息。小劉大多時候只是聽，陪著應答幾聲。其實說的人、聽的人都得小心。某些長官，吃了些理當充公上報的房地產，堂而皇之的金屋藏嬌，他們當下屬的就得負責保守機密。長官願意分你一點，就好好收下。長官不願分，你也只能摸摸鼻子辦事。

那兩、三年說起來，真不少事發生。教授偷渡出境，變魔術似的去了瑞典再轉至美國。臺東泰源監獄發生暴動。蔣副院長在美國遭到臺獨學生行刺未遂。臺南美新處發生爆炸。隔年初又有臺北商業銀行發生爆炸，接著是我國退出聯合國。再來是美國的尼克森跟共匪結盟，公開出賣我國，連小日本也跟著有樣學樣。同時期還不斷有保釣活動，學生群情激憤，局裡特別交代他們隨時掌握工作員的報告，每週匯報，上頭就怕海內外學生運動失控，不好收拾。

海外鬧騰總之是看不到，國內就得抓緊了，不知誰想了個點子，找人在報紙連載《一個小市民的心聲》，幫忙降溫。實在太多學生滿腔熱血，投身奉獻國家了。在救國團做事的朋友說，頭痛啊，蔣主任指示他們要盡量吸取學生的主張，務必讓救國團主導實踐方向。那會兒各單位都忙，各自養各自的案子，力求表現，結果讓警總做出臺大哲學系事件，真是一幫走運的傢伙。國家風雨飄搖，他們抓準時機，備受肯定。據說那時局長開會，發了一通脾氣，要各處室皮繃緊點，拿出實績來。小劉深感公門裡面好修行。

他確實疑惑，這麼多單位彼此競爭，互相扯後腿，一個小小臺灣，情資簡直不夠用，哪來那麼多大案子好做？那幾年局裡氣氛逼人戰戰兢兢。小劉老早想通，既然來修行，別想太多，至多考績乙等，職等升得慢些，不丟工作日子照過。等派系鬥爭的風暴過了，他胸無大志，好好做事，與人為善，應該幹得到退休。反正官當得愈大，責任愈重，管的人多，嘴也雜，得對付太多事情了。他記得李鴻章還曾國藩不是說了麼，受盡天下百官氣，養就胸中一段春。早早認清自己的本分挺好。

好在他待五處，能不能成事看自己造化，至少報銷帳務，沒太多干涉。經費捏在處長手上，有多少用多少就是。

比如說，臺南站那邊因為先前抓了那僑生，埋了一些線，小劉跟那邊的同期也收到第四知青黨部、校內社團的活動紀錄報告，大概是西格瑪社、大陸社值得留意。據說以前第四知青黨部效率奇高，校園風平浪靜了好些年。不過學生一批畢業換一批，代代都有新人出，得隨時看著。小劉料到警總那邊多半也布了線，沒想竟讓他們先抓了一批共產黨。處裡開會時，處長指示臺南的案子可以收線了，免得讓警總專美於前。他雖然覺得時機略早，也只能聽命，演出一場畢業典禮的抓人大戲。眾目睽睽逮人雖是特例，也是發出一個信號，要大學生小心點。警總眼線多，調查局可也沒閒著。

當然，小劉私心覺得，一個從畢業典禮上消失的同學，其他同學反而記得更深，相濡以沫總不如相忘於江湖。他知道這票學生不壞，到臺西做社會調查也挺好，壞就壞在主動過了頭。他們要是聰明點，就該透過救國團去活動。他讀那篇調查報告，並沒寫什麼，臺西鄉下漁村蒼蠅多哪有什麼好稀奇，哪個漁村蒼蠅不多？差別在你得層層上報。直接刊在大學新聞報上，豈不打了臺西鄉、雲林縣這些在地政府機關、黨部一大耳光？這還可能激起其他學生對政府不滿的心理，不可不慎。

這些學生大部分被抓了還不曉得被哪個單位辦了。這對做事的人倒是不錯。其實就連他們這些操辦單位，也常弄不清彼此底細，不經意互咬同一個案子。局裡跟警總的關係微妙，各機關人二室、各地調查站常常明爭暗鬥，有時也得分享情資，互通有無。像是因應地方選舉組成的臨時工作小組，大家共處一地，面對面開會溝通，分工明白，做事方便。平常時候，他們跟警總各憑本事，看誰放線放得廣又深。關係比較好的，能安插到銀行、國營事業機構上班，或到政府單位過過水，可以當上某某協會理事長，甚至當上省級、縣市選舉候選人。臺灣俗話說，仝人無仝命。有小劉這種苦幹實幹的公務員，也有那種吃香喝辣、節節高升的幸運兒。

回說那幾個成大大陸社同學，小劉真覺得他們只是犯了點小錯。大陸問題研究社乃是奉黨的上級指示鼓勵發展，短短一兩年開枝散葉，從北到南的重點大專院校都成立了。那兩年的氣氛確實不大一樣，社會上的知識分子、學院裡的大學生都踴躍議論國是，愛國心切，想立刻有所作為。他知道黨給學生研究匪情、瞭解匪區狀況是好，但過度的舉動就不好。

小劉看那批成大共產黨學生的調查報告，一看就知道過於天真，成不了事。他們聽明到從黎明出版社那些批判共匪理論的書籍、聽反共廣播節目錄音，抄出馬列毛的原文段落，剪貼成冊，也知道蒐集共匪空飄傳單，抄寫、刻鋼板，連共產黨宣言都給他們拼湊出來了。他們卻不知道怎麼組織、怎麼舉事。警總靠幾個打入的學生工作員，輕易沿線網羅起來。

他們辦大陸社案子的時候，早定調學生是幫忙脫黨的蘇南成競選市長、把持校內活動中心及校報，不服黨的領導。星火燎原，可不能讓這批成天看著《大學雜誌》妄議時事，以為世界繞著他們轉的大學生有更多過了頭的活動。這案子說大不大，說小不小，也得照應知青黨部那邊，最後決定讓幾個學生進去幾年。

大概承辦那案子前後吧，他們處裡弄來兩本教授在美國出版的自傳影印本。據說已有部分在外流傳。小劉的英文不大行，試著邊讀邊查字典，讀到教授考入京都的第三高等學校，發覺一個月過去了。小劉算算整本書的篇幅，要讀完，非得耗上一年不可。找信任的大學生工作員翻譯應該可行，但這本書也不能流出。考慮許久，小劉決定拆書，分發翻譯。他找了臺大、政大、師大、中興法商、成大、淡江、東吳的學生工作員，每人負責翻譯一到兩章，交稿就可支領工作津貼。

三、四個月後，小劉陸續收到譯稿，品質參差不齊，有些更是讓他覺得自己英文沒那麼差。比如小劉在譯稿上讀到日本的臺獨活動家「蘇班」，想了老久，怎麼這人挺活躍卻沒聽說過，後來才弄清英文的「Su Ben」指的是「史明」。對照著原文看，湊合，也行了。小劉推想，整個局裡上下三千幾百人，甚至放眼警總、情報局、黨部各單位，沒幾個像他這麼仔細讀教授英文自傳的人。馬面聽說他有中譯書稿，複印了一份帶走。他知道馬面也在追查教授脫逃之謎。

書中提到警總移交教授給局裡管轄，教授觀察到警總與局裡「對立和競爭，由來已久。蔣巧妙地利用這一點」。不得不說，果然大學教授看事情的眼光就是不同水準。局裡跟警總的關係確一言難盡，他們想到的只有不便，卻沒法想到，這是老頭子的御人之術。

從教授的眼光來看局裡幾位同仁，乃至局長在內的長官，別富趣味。像是擔任過處長的王淦說，「這些軍人都是笨拙的人」，小劉讀到當場笑出來。書中描述警總的軍人認真執行任務、尊重文人，卻認為調查局大部分是國民黨中最糟糕的分子，讓他啞口無言。後面段落寫到，同仁隨時開著吉普車跟監，或跟在教授附近走，這些過於近身、拙劣的偽裝讓人太有壓力，莫怪教授要拿照相機拍他們。有個同仁給拍煩了，一把搶走教授的相機跑走，教授到管區派出所報案，還打電話給王淦抱怨。

小劉回想書中寫的民國五十六年，傑老已經進去一年，他還在第一處，隨時可能被丟到外縣市龍蛇雜處的調查站。幸好他夠幸運，政情分析報告被賞識，才能繼續待在一處工作。他接著讀到，局裡想運用打入的細胞陳光英接上在日臺獨分子史明，拿下教授。

有個段落寫，某科長和下屬在和平東路招待所一棵亮晶晶的聖誕樹旁，嚴厲審問教授兩小時。王淦在旁跑進跑出、打電話請示。他們用餐時，現場最資淺的傢伙竟對教授說：「我們不怕任何外國人。不要忘了我們隨時都可以把你毀滅、把你殺掉。你要清楚這點！」小劉能理解那人負責扮黑臉，想來是急於表現，說話沒了分寸。看後面寫，隔天王淦提兩籃禮物登門向教授致歉，就曉得有點過火。道歉歸道歉，局裡照樣緊迫盯人，教授一出門就幾個同仁圍著他走。教授搭個計程車，人下車後，司機也要被攔下來盤問。小劉推測，恐怕早在這時，教授已萌生出逃的心思。

話說回來，小劉不理解教授何以不接受安排，到政大或革實院任職，有個工作就有收入，一家子可以好好過日子，局裡也不用安排這麼多人手盯梢。書裡提及，教授聽聞，若有事變，教授自己、郭雨新和高玉樹三人將是首要毀滅目標（原來高市長的英文名字是亨利）。小劉也聽說過，有同仁提議除掉教授，要不再抓進去，或來個「意外」。當時小劉研判實行機會不高。這是老頭子法外開恩放出來的人，如果輕舉妄動，弄得不好，可能造成上面的困擾。做事跟做官到底不是一回事。

何況幾年觀察，教授既不能出國，活動範圍有限，影響力自然也很有限。以拖待變，最終教授應是不得不接受安排了。實際在他家附近執勤的小組成員可樂了，巷口雜貨店老闆夫婦很識相，招待茶水、抽菸兼看報，還有房間可以休息，就算三班輪值，都是爽差。大概這麼涼的緣故，有人半夜開起小差，這就給教授逮到空檔出外溜達。

接下來就釀成大錯。

小劉記得在一處做事可說如履薄冰，深怕犯錯。幾年下來，同期都開始往上爬，小劉不上不下。深究起來，分發到什麼處室，有什麼表現機會，日積月累的差異不可說不大。像小劉這種在一處做書面工作，沒辦刑案的機會，破案獎金自然沒份。就算被借調辦案，人家獎金時常不算你一份，等於義務工作。有人起初從外縣市分站幹起，沒幾年累積了功績，調回局裡處室高升。一處不比其他，做資料分析的，成天在辦公桌讀讀寫寫，有功勞盡是別人家的，出問題肯定要算上一份。

小劉告訴自己，沒關係，至少還在局裡辦公，不用去做些傷天害理的髒活。那時期，小劉偶有耳聞那些在教授家門執勤的同仁，發牢騷喊無聊。有人搭上雜貨店老闆娘，聽說以前是出來賣的，如今洗手做羹湯。他們三天兩頭碰面，竟聊出合夥做皮肉生意，老闆娘重操舊業，到山地招攬小姑娘，藉機發財。他們有沒有賺到錢，小劉不確定。他只確定，教授的計畫相當周密。

教授的樣子，說真的，誰不會注意到？就算不知什麼來頭，一看也知道只有一隻手，怎可能逃得掉？教授自己就說，簡直像在計劃飛向月球，變數太多，況且一個獨臂人要繞地球半圈而不被發現，非常困難。

小劉反覆閱讀教授策劃出逃的段落，冒出個想法：局裡應當請教授來做主管。他頭腦清晰，學識淵博，研判情勢精準無比，方方面面的大小細節都兼顧到，才有這次的神奇脫逃。

教授完全掌握人性，知道執勤同仁長久下來生出怠惰，就故意閉門在家兩、三個禮拜，讓他們慢慢習慣，長時間沒看到教授出門走動而不感奇怪，教授其實常趁夜半溜出去見朋友。他也知道郵務系統一定會檢查所有郵件，所以請託外國人幫忙轉信。

再說，教授瞭解國際局勢，知道出國不可先去美國、日本，也不能去共產國家，而是要找跟我國沒有外交關係的國家。局裡這些外文不行也沒出過國的土包子，怎想得到教授搭建出一個傳遞信件的外國網絡？教授能寫信直接跟外國人溝通，這對他們就算是魔術了。教授甚且發明一套英文電報的密碼，用來告知朋友離開的時間，或因故延後出境等等。他設置了五個中繼站，以獲取沿路需要的費用和協助。這裡讓小劉擊節讚嘆。教授一度以為事跡敗露，因為一封紐約來信說，那裡已有他可能出逃的流言。其實早在五十七年底的時候，國防部發過函，要各單位防範教授偷渡出境。或許那反而讓局裡鬆懈。畢竟一年過後，教授依然好端端在臺北家裡。

還有一個環節讓小劉佩服。教授在確定出發日期後，安排一些陌生人適時到臺灣，有些是居中幫忙的共同朋友，透過一些暗號，讓這些人從旁緊盯教授直到安全離開為止。萬一教授當場被捕或被殺，也能當證人。能設想到這一層，簡直萬無一失。這表示教授仔細考量過最壞的下場了。準備過程至少執行一年以上，代表教授擁有驚人耐心和毅力，以及冷靜的判斷力。局裡要多幾個這樣的人才，什麼案子都辦得成。

教授告別家人的段落也讓小劉感動。教授的母親以為兒子想不開，要去自殺，勸他一定要相信上帝。教授當時的作為，確實無異於自殺。而教授在一雙子女睡前，量測他們的身高，則頗為感傷。教授知道不論成功與否，都得很久看不到兒女了。這同樣是一個好調查員該具備的素質：菩薩心腸，霹靂手段。一旦決定行動，就不可有任何猶豫。教授清理所有文件、日記，事先準備因應不同狀況的聲明，送到香港、日本和美國。教授外出，打電話回家，交代自己有事到臺中，之後要去環島旅行，至少一個禮拜才回去。他自然曉得電話有監聽。小劉不禁猜想，那些同仁假稱跟著教授去環島的時候，是怎樣的心情？人早跑了，就他們還拿得出差旅費、誤餐費單據報銷。

從事後描寫來看，教授似乎化妝成披頭散髮，還帶著拳擊手套的樣子。照理說，這模樣應該很顯眼，怎麼沒人注意？結尾寫到「我看著島嶼緩慢消失」，到底是搭船還是搭飛機出境？教授提到中途停留兩個地方，此時兩種交通方式都無法排除。只是小劉無從想像，搭船的話，該是什麼航行路線才能抵達瑞典。也可能是先搭漁船偷渡到菲律賓、日本或香港，再轉飛機到瑞典。

坦白說，小劉得翻開世界地圖，才能確定瑞典在哪裡，他原先還以為瑞士就是瑞典。教授抵達瑞典十天後，仍沒有收到協助脫逃的朋友離開臺灣的消息。原來他們看到教授安全離開後終能放鬆，決定來個悠哉的十日環島旅行。照時程推算，距離偷渡雖有三個禮拜，但小劉猜教授十有八九是搭飛機出去。教授從國外拍給太太的電報，驚動了黨政各單位。有人覺得這是故弄玄虛，教授一定還在國內，隨即封鎖全島漁港、機場，嚴加檢查。所有跟教授相關的親友全部扣押偵訊。

小劉記得那時局裡雞飛狗跳，那票奉派監控教授的同仁紛紛被召回問話，連日低氣壓，愁雲慘霧。教授說的沒錯，他們確實都在做假報告、報假帳，這是局裡的陋習，也算是共業吧。出了事，看哪些倒楣鬼去扛。局長「自請處分」，倒沒事待了下來，一干處長、科長卻丟了烏紗帽。教授書中特別高興那個辱罵人的科長和下屬也都被關起來處罰了。

這事，說來真是讓局裡顏面盡失。其他情報單位也難堪不已。於是有人辯稱，這不是他們的錯，一定是美國人出手才有可能。妙就妙在，自己人都知道，從前美國中情局跟軍方合作開了「西方公司」。這是明白人說瞎話。教授宣稱沒受過中情局和其他國家的幫助，小劉相信他。畢竟從臺中的清泉崗基地搭乘美國軍機出逃的路子，警總老早沙盤推演過，還定下「一二四專案」作為防範。教授的出逃本身就是創舉，無怪乎他們這種凡夫俗子無從想像。

太空人

馬面習慣把塑膠袋拉整對齊，摺得方方正正，收在隨身口袋。他總覺得，說不定哪時能派上用場。好比說，若待在辦公室做文書作業，他會把塑膠袋的底部剪開，套在衣袖，綁上橡皮筋，就是現成的袖套，毋須擔心袖子沾上墨水或印泥。只是塑膠袋摩擦紙面，難免發出細碎窸窣聲，有點擾人。

第一次在偵訊用上塑膠袋是什麼情形？馬面回想，該是個普通的下午時段，在三張犁招待所，一個新進學弟在旁戒護，由他主持對話。

應該是謝先生？魏先生？李先生？還是姓詹或姓劉那位？總之他們聊了很多，像剛認識談得來的新朋友。談興頗高，從教授以前開的課程、寫的論文，一路聊到美蘇兩國的太空競賽。馬面本想找個機會，當面向教授請益，談談關於外太空開發的前景，所謂的太空法又怎麼回事。可惜沒這機會了。

馬面問對方，知不知道外太空是個什麼情況？桌子另一邊的臉，露出困惑。馬面起身，繞到面對刺眼燈光的那人身後，雙手輕按對方肩膀，示意放輕鬆。

他說起大氣層有好幾層。海拔八到十八公里是對流層，再上去到五十公里之間是平流層，去到八十公里算是中氣層。到那裡空氣就非常稀薄了。

他掏出褲子後邊口袋的塑膠袋，搓揉，甩開，套上那人的頭顱，收緊頸部的開口。馬面在那人耳邊說，也許比這更稀薄。去到六百公里以上，就算外太空，可就是沒空氣的真空狀態了。

那人坐著，痛苦地揮舞著手腳。

馬面繼續說，沒空氣，就表示沒有介質傳遞聲音。也就是說，在外太空一切都是無聲的。如果你穿著太空裝，太空漫步的時候，只能聽見自己的呼吸聲。

那人扭曲得幾乎離開椅子。

馬面緩緩放開束口，窸窸窣窣的喘氣聲在塑膠袋裡響起。

他想，果然還是得多準備一些塑膠袋，隨身備著，以防不時之需。

馬面厭惡刑求場面。不是厭惡暴力或血腥，而是缺乏想像力。

他從新人時期以來，看著同事一次次，邯鄲學步用上前人的招式。例如把人的雙臂一隻由上往後折，另一隻由下往上扭，以手銬鎖住手掌，形成「背寶劍」的姿勢。或者在這個姿勢上，再旋轉已成拗折狀的兩隻手肘，叫做「鳳凰展翅」。也有大費周章在人身上抹糖水，丟到草地螞蟻窩附近「螞蟻上樹」一番。把人綁在扁擔上，像在綁豬肉似的吊起，居然叫「坐飛機」。還有綁在板凳上，打直雙腿，腳跟墊上兩三塊磚頭，灌辣椒水或汽油的「老虎凳」。至於拔指甲、通電這種，等而下之了。

每逢目睹刑求場面，他的思緒就飄到其他地方，思考起關於人類命運、人類在宇宙中是怎樣的存在，以及人類跟更高級的智慧生物之間的關係。他那些同事恐怕一輩子不曾追問這類高深問題。他們只是得過且過，表面畢恭畢敬，一轉身就偷雞摸狗。刑求是為了問出消息，但他們弄到最後往往分不清手段和目的。就馬面的經驗，大多數人都願意配合，根本不用搞得那麼複雜。桌子兩邊各扮演各的角色，能交差就好。

有時候，他讓人裸身坐在大冰塊上，加上電風扇和空調助陣，把偵訊室弄得像冰庫。他見到冰塊消融的水窪逐漸擴散，忍不住猜想，據說外太空氣溫是攝氏零下兩百七十度，那什麼情況？把人丟到真空、超低溫的外太空，也許直接凍成冰棍？可為什麼人類非要往那麼困難的地方去，那裡有什麼？

馬面從報紙得知，美國在刪減太空總署的預算，也許這一兩年，阿波羅計畫也要終止。他本想，如果人類現在能踏上月球，難道去火星還遠嗎？如今充滿變數。他記得那齣電影劇情，太空船前往木星途中，船上只有兩個太空人醒著，其他都在低溫冬眠，等到抵達木星才甦醒。結果船上的電腦哈爾9000發動叛變，要殺掉全部的太空人。

這是他反覆看那電影的感想：哈爾9000的聲音聽來相當和善，除了負責太空船的電子控制系統，也會跟人類下棋、聊天，它甚至比兩個太空人更有人性。電影呈現兩個太空人的飛航日常，吃飯、運動、看新聞、照日光浴，可是他們的表情和對話，卻像冰冷無感的機器。就連他們私下策劃關掉哈爾9000的討論，也平靜理性，沒太多情感。反倒哈爾9000面臨被唯一倖存的太空人強制關機、抽取記憶體之時，它試著好言說服、安撫，接著苦苦求饒，吐露恐懼，最後唱起了〈小雛菊〉這首兒歌。

這一切的起因，只不過是哈爾9000不承認自己犯了個小錯誤，演變到要以更大的錯誤來掩蓋。

也或許，這一切都經過哈爾9000的精密邏輯計算。因為這趟任務的真實目的被隱瞞起來，而知道真相的哈爾9000卻必須說謊，導致這座最先進、從不犯錯的電腦發生矛盾。它決定把所有人都殺了，就不用再說謊，也不會再犯錯。

馬面見過一些頑劣犯人就是這樣。他們抵死不願配合，也不想溝通，一味堅持自己沒錯，強調自己的清白。他們似乎想以承受皮肉苦痛來證明自己的高貴。傷痕就是勳章。

其實這些人在他看來，跟他那些沒在用腦的同事一個樣，只是用本能活著。就像什麼呢，對了，就像那電影第一幕的人猿。所以他們才把招待所搞得像動物園，充斥體臭、排遺、嘔吐物和血水的混濁氣味。

有機會的話，他真想穿全套橘色太空裝，進來招待所。他想像那畫面，人猿和太空人坐在桌子兩邊，四百萬年的距離一下消失，真有點科幻呢。

調查

馬面讀完教授自傳，跟小劉分享一些想法。

當年教授給特赦出來後，仍然吸引不少學生在教授家裡聚談，有個被管訓過的臺北市議員也是座上客。那票學生裡頭，好幾個是前些年幫高市長競選的幫手。

馬面聽說，當時局裡安排的細胞，先從一個雲林的電信局職員下手，以同鄉之誼的關係，慢慢打入那個大學生圈子，得以進出教授家。不過教授出來後，警覺多了，每逢談話，就故意調高家裡的收音機音量，湊在播音喇叭前交談，讓監聽工作不好進行。馬面說，兵來將擋，水來土掩。餌撒出去了，不怕魚不上鉤，重點是要撒對地方。

那個市議員到日本，所有行程，皆有派駐日本的同仁記錄回報。之後再有以地方記者身分掩護的細胞，到日本假意拜訪同志，取得信任。細胞回臺後，登門拜訪教授，請教授幫忙寫介紹信交給史明，這樣就可以把他們搭上線。馬面說，誰知這細胞急於表現，一回臺灣就去找教授，交付史明給的資金、材料，結果被教授看破手腳。

局裡那時準備收網，把偷偷搞組織聯合選舉的青年團體一一抓起，以便孤立教授。但教授何等人物，怎可能輕易上當。那一兩個月，局裡聯合其他單位抓了兩百七十幾個，很多是前途似錦的大專畢業生，還有幾個已經出國留學的呢。這些人搞「全國青年團結促進會」的下場，就是一起吃牢飯。

小劉內心不禁一顫，他也是個大專畢業生。再想想前幾年被丟進去的前長官、前同仁，深感這份工作的艱難。

馬面又說，根據局裡掌握的線索推測，幾個外國傳教士嫌疑最大。這也可從教授的回憶錄得到間接印證。陽明山神學院那幾個外國人，尤其美國牧師唐培禮和他太太唐秋詩應該參與很深。

馬面岔開話題，說局裡汰換專責跟監教授的三處人馬之時，鬧過笑話。大家分不清天主教和基督教的差異，也不懂神父和牧師的區別，還是局長找了教會的教友來給同仁講解。局裡流傳，局長那位過世的元配夫人是虔誠基督徒，夫婦倆古道熱腸，常跟教會信眾穿著一襲白衣，釘有「上帝是愛」、「我是罪人」紅色大字，在馬路旁發傳單，鼓勵路人去聽布道會。有天，素來不喜局長的保密局長毛人鳳坐車路過，見到局長穿著「我是罪人」的衣服，下了條子要扣押局長。當時還不是局長的局長，全靠小先生庇蔭，才逃過一劫。

聽馬面這麼一說，小劉回憶起，六十年二月，警總逮了個送羊羹炸藥入境的日本人，局裡安排在教授身邊的內線正好是聯絡網的中間人，等於間接證明唐氏夫妻跟教授的關聯。三月初，他跟幾個同事，奉派隨外事警察到陽明山神學院。

驅逐美國人牽涉到外交關係，上面也得取得美國方面的默許，才能動手。一切過程，當然要平和。所以他們先請唐氏夫妻到外事警察局，以英語宣告他們由於做出對我國政府不友善的行為，驅逐出境，並於四十八小時內離開。

小劉偕同一位女同事，陪同唐氏夫妻回到陽明山的宿舍打包行李。屋內已有另外兩位同事在等候，外頭還有其他單位的成員戒護。牧師一直找藉口要打電話、要聯絡美國大使館代表、香港或其他地方的朋友，他們自然不允。牧師的中文說得還可以，但他們也無法透露太多。牧師在讀幼稚園的女兒倒是挺可愛，不僅會說中文，還會臺灣話，主動問要不要一塊吃飯。小劉他們都很喜歡跟這小女孩童言童語。

小劉跟她說，女兒一樣在上幼稚園，可以當朋友喔。小女孩特地在一片口香糖包裝紙上寫了「HELLO, I AM LIZ.」要小劉拿回去給女兒。這個年紀的小孩開始會說很多話，正好有她陪著解悶，不然他們也不知道怎麼面對外國人。他們在學校苦讀那麼久的英文，《新英文法》都翻破了，一見外國人卻連簡單的句子都說不好。這時小劉就想，教授大概沒有這種困擾吧。

在牧師家期間，有個美國人不請自來，被小劉一個同事推走，牧師太太竟拉開窗戶對著那人說了幾句英語，小劉只能大聲請牧師拉走太太。英語說得比較好的同事，先用英語請牧師夫妻配合。之後再用中文詳細表達一次，不要為難他們。晚些時候，又跑來一個美國人，牧師太太繼續喊了幾句英語。小劉的同事就相當不高興，破口大罵。

隔天，一對美國夫婦來看牧師，討論搬家事宜。兩個同事陪懷了五個月身孕的牧師太太去看婦產科。有一小段時間，剩下牧師跟小劉在屋裡。小劉好心勸牧師配合，說明我國當前處境如何不樂觀。換作其他時期，絕不會出此下策。小劉甚至坦白跟牧師說，可能很長一段時間不能再入境臺灣。牧師說出擔憂：原來他一直害怕領養的臺灣男孩無法一起離開。

等到牧師夫妻行李打包就緒，確定班機，局裡派出黑色大轎車送行。從神學院宿舍出發時，許多職員、學生都來目送。機場那邊有另一組同事等著檢查所有行李，上面要求每個瓶罐、每張紙都不可放過。小劉後來聽說，有同事搜到一些羅馬拼音的臺灣話布道講稿，以為那可能是什麼密碼，要牧師當場朗讀，結果現場像在聽牧師最後一次傳道似的，據說頗為莊嚴。

那幾天小劉在想，真有必要全天候跟監那些異議人士？既然目的是盡可能縮減那些人的影響力，不需如此大費周章。如果是防止他們逃亡，他們逃了不正好可以減輕帶給政府的壓力？若只是防範他們串聯，那就更不用浪費那麼多人手。幹這些跟監差事的同仁，某些樂得輕鬆，更多卻是感覺乏味。

有個同期抱怨，本來老子考進來是要幹大事的，結果成天淨幹些雞毛小事。好不容易把廖文毅弄回來，卻讓教授跑出去，真正是「放尿換疶屎」。那位同期也是那批被懲處的教授跟監小組，幸好報假帳沒有他，給外放到臺南當差。總之，翻讀教授回憶錄，小劉漸漸理解上面長官的顧慮。他們怕像教授這樣的人到外面揭政府瘡疤，告洋狀，家醜外揚。但小劉讀完全書的感想卻是，就算用英文出書了又怎樣？如果退出聯合國都沒打垮我們，區區一本流亡教授的書能如何打擊國家？

小劉處理完成大大陸社案隔年，局本部從基隆路喬遷新店，能有一塊自己的天地，讓許多同仁滿懷期待。大家都期待更舒服、更便利的辦公空間。幸好小劉聽了老婆的話，房子買在新店，天天騎摩托車上下班，比以往近多了。女兒上小學後，小劉還可以順路送他們到學校。有些同事挖苦小劉簡直模範丈夫、模範父親還兼模範調查員。

同仁稍微資深點的免不了抱怨互助金這事。小劉跟他們說，從他進來到現在，每月扣繳的互助金可一毛沒少，就算他買房、結婚、生子領到大家貢獻的互助金，這麼多年上繳的，仍然在付出，以後諸位學長姐的十萬元退休金也有他一分心意。那些新進的年輕小毛頭才真占了便宜。接著小劉就拿補稅、退稅的話頭轉移注意力，局裡預先扣繳稅款雖然給他們免了報稅的方便，但加加減減下來，保不定是賺是賠。聽說有退休前輩，一輩子沒報過所得稅，一退下來，就有稅務人員上門拜訪呢。

談到錢的事，大夥往往要說個沒完。小劉總想，咱們好歹是調查員，那些在外頭人二室的查核員可沒那麼多福利。人家也是考進來的，互助金照樣被扣繳，卻常常連自己付出的補助金都領不到，難怪士氣低迷。之前局裡的籃球賽，二處找了幾個人高馬大的查核員助陣，擺明了就是讓那幾個調查員胡投濫射一通，查核員只有搶籃板球、做防守的苦工。小劉在一旁看著，真是一幅饒富象徵意味的畫面。正如展抱山莊門口寫的：「淡淡的桂花香，濃濃的人情味。」

換了新址辦公，事情一樣多到做不完。除了特殊情況，公務員每月能申報的加班費有上限。五處這裡，同事常需要外出公幹，也不一定進辦公室。小劉是比較規律的人，總覺得固定上下班時間進出辦公室，才叫工作。他盡量不帶公事回家。何況回到家，兩個小孩吵吵鬧鬧，還要檢查他們的功課，也沒法靜下心。話雖如此，腦子不受控制，有時批讀工作員報告，連帶想到一些別的，也會走神。

這時小劉就讀點放鬆的，醒醒腦。那會兒，金庸、古龍、臥龍生、諸葛青雲的武俠小說有多少看多少，每天看報追連載。金庸要到六十二年給海工會邀來臺灣拜見蔣院長，才逐漸解禁。要不市面掛著「司馬翎」名號的翻版書多了去了，小劉高中就讀過。那幾年臺視播布袋戲《雲州大儒俠》，風靡一時，裡面幾首臺灣歌謠大受歡迎，局裡不少人午休時間哼著「心酸孤單女，為何命如此」，等著下午三點半到交誼廳收看。同樣是那幾年，有些青少年讀武俠小說、看史豔文，走火入魔，上山下海尋找孤本祕笈，結果是警消人員上山下海搭救這些迷途羔羊。

說起來，調查局也是一個武林門派，不時得跟其他門派交手，有時也同氣連枝，聯合起來對付匪幫、臺獨、黨外這類分歧分子、陰謀分子。好在當今武林盟主有共識，毋須爭奪，但門派之間，爭功諉過也常誤傷友軍。

輪到兒子要上小學，本來小劉早安排跟女兒到同一所，省得麻煩。誰知處長那邊交代下來，要他兒子轉學到市區的敦化國小。小劉抗議，處長勸說，多擔待些，正好你兒子上小學，戶口啊、學籍啊那些都問妥了，也跟校長打過招呼，讓你兒子去讀謝老師那班。小劉納悶是哪個謝老師，一見他們學校人二室送來的資料，才明白處長的用意。

謝老師太有名了。一個弱女子，敢在局裡搜走她哥哥的東西後，登報紙廣告，還跟外國記者往來，也敢跟警總那邊周旋，小劉相當佩服謝老師。小劉那兒子傻呼呼的，交給她管教肯定不錯。在學校碰面，小劉開門見山，請謝老師一視同仁，該打該罵，不要客氣。小劉也致歉說，知道她班上已有六十四個學生，滿到不能再滿，謝謝她願意再收兒子。謝老師風評不錯，那一帶的家長沒因為她哥哥坐牢，就不把小孩送去她班上。

小劉每天下班回家，都會問問兒子上課情形，順便簽聯絡簿。謝老師有時也主動打電話告知他兒子的在校表現。像是可能常常不洗手或吃到不乾淨的東西，蟯蟲檢查結果出來得按時服用除蟲藥等等。可惜謝老師只教低年級，只能帶小劉兒子讀完二年級。小劉知道她是為了能下午常常到景美探望她哥哥，才教只上半天課的低年級。那兩年，他們相處融洽，兒子學會自己剪指甲，蟯蟲檢查也沒問題了。小劉從未跟她談過教授的事情，儘管知道她有跟教授家人往來，也常跟田醫師見面。小劉談起謝老師要結婚，他太太立刻囑咐一定要送個紅包去。兒子上三年級，轉到家附近的國小，小劉總算輕鬆多了，換另一個同事的女兒去讀謝老師班上。就這樣，謝老師班上持續有局裡同事的小孩在讀，不知多少年。

先前小劉偶然與三處副處長高公開過會，後來在外頭午餐又碰巧併在一桌，就這樣多聊了幾句。高公是局裡有名的大炮，憑著前二十年在安全局、派駐香港的資歷，敢言人所不敢言。

有一回，打完籃球的空檔，小劉跟高公在場邊閒聊，忽地聊到教授當年出逃的往事。高公點了菸，呼了一口，「就算他揭瘡疤，那又怎樣？忍一時，海闊天空。咱們還不是活得好端端。他在外面的消息也進不來，外頭那些搞臺獨的一樣搞內鬥，成不了氣候。這大概就是中國人罷。」

小劉好奇試探，「聽說教授是從清泉崗飛出去的？聽四處的同仁說，尼克森到大陸跟毛匪握手，還受責備美國讓教授逃出去呢。」

高公笑了，「天大誤會。我看過美國那邊的情資，與他們無關。何況那時的基地起降紀錄，也沒有時間相符的，更沒有少掉任何一架飛機。」這事他也想了好幾年，依他推敲，應該是陽明山的傳教士幫的忙。那個牧師找了日本朋友來臺灣，故意留長髮、鬍子，身形跟教授差不多。牧師用日本人名義買機票，再送日本護照、機票去給教授。接著教授甩掉跟監人員，跟那日本人換裝成功，大搖大擺走進松山機場搭機。教授在日本讀過書，講起日語就跟日本人一樣，海關查驗也沒起疑。應該就這樣先到泰國曼谷，再轉機到瑞典。

小劉問：「那個日本人呢？」

高公說：「日本人確定教授出境後，就到警務處外事室申報護照遺失，拿到新護照，立刻搭機返臺。這招真絕了。」那時他還在安全局的三處當科長，事發之後，簡直人仰馬翻。

小劉馬上知道高公一定沒讀過教授的回憶錄。不過綜合高公推測，也許教授是化妝成一個拳擊手？調換護照這事，果然得像高公這樣出過國的才看得出。但還是有太多細節要釐清。

譬如說，該怎麼傳遞成功或失敗的訊息？又是怎麼跟各方通信一一確定相關接應？

這部分仍是謎團。幾年下來，局裡大概確定教授的學生、家人都不知道偷渡計畫。關鍵的傳教士也趕走了。要是能夠偵訊那位牧師的話，應當有助撥開這些迷霧。就小劉所知，有幾個日本人、美國人跟日本的臺獨組織蛇鼠一窩，幫忙傳遞訊息，這些人都登錄在管制名單，禁止入境。上面禁絕一切機會，以免奸人有可乘之機，小劉能理解。不過要是讓他們入境活動，保不定還能循線追查潛伏同黨。

高公在本部不到三年，轉調臺北市就任分處長。結果他上任沒多久，「郵包炸彈客」就出現了。

小劉看報得知省主席謝東閔拆書報受了「輕傷」，實情卻嚴重許多。謝主席的左手遭到郵包炸彈炸傷，緊急送醫，惟恐引發敗血症，只得截肢。全局上下，連同各地分處站，都動起來尋找凶手。

警總那邊傳來消息，另有兩件郵包炸彈寄給了李煥主任、黃杰將軍，所幸他們大致平安。緊急組成的專案小組研判，郵包從臺北郵局總局寄出，使用火藥與一般鞭炮相近，可能是嫌犯從收購的爆竹一一挖出收集重製。引爆裝置是普通電池與照相機閃光燈內膽組成，簡單有效。火藥放置在便當盒，再放進挖空的國語辭典，只要打開郵包就會引爆炸彈裝置。這些材料太尋常，件數也不多，要找到凶嫌有如大海撈針。說要查對郵件筆跡也屬天方夜譚。幸虧從殘存的郵包中採到半枚指紋，只能死馬當活馬醫，試試看從兵役資料的役男指紋逐一比對。前提當然要此人有當過兵，如果是免服兵役者、外國人，或是女的，那真是無從找起了。

這事與小劉無關，只是定期跟工作員聯繫的時候，有人問了幾句。「謝主席不只輕傷的消息已經傳開，」工作員某甲對小劉說：「聽說左手都切掉了，很嚴重。」那裡是小劉妹妹在晴光市場的貿易行。小劉轉任五處時，開了個空頭公司，本來只是拿來工作方便。後來他妹妹專科畢業，要跟同學一起開店，找好了基隆的委託行門路，要小劉幫忙。小劉知道她那票姊妹，跟美國阿兵哥往來密切，時常轉賣洋貨。小劉勸她少跟那些人混，屢勸不聽。她知道哥哥心軟，使出纏功，加上她嫂子幫著說話，這家空頭公司就交給她打理了。

小劉跟工作員聯絡，若有碰面就約在妹妹的貿易行。「這事我回頭跟上面的提一提。還有什麼事沒有？」其實小劉說的「上面」就是他自己。讓工作員以為小劉是中間聯絡人，省得要直接面對他們的請求。

之前辦成大大陸社案，有個中文系的學生工作員，事後找小劉幫忙送他去加拿大。人家畢竟認真辦事，既然當面開了口，不幫都顯得小器了。小劉也知道該生為了出國讀書，同時兼拿警總跟局裡兩邊的津貼，說要貼補守寡母親的家用，這麼孝順的孩子，怎麼忍心拒絕。不過跑那些文件實在麻煩得要命，他簡直成了留學代辦。好在學生知道感恩，每年都寫聖誕卡片給小劉。

妹妹一看小劉談完，立刻湊過來抱怨，最近三天兩頭被查稅，吃不消，要小劉幫忙。這陣子聽她牢騷實在煩躁，小劉說他一介小小公務員，能有什麼通天本事。上面要查合法掩護非法的走私貨櫃，還有那些委託行手上用了二、三十年的進口稅單實在過頭了，說囤貨多年沒賣出去，只能騙三歲小孩。況且這裡那麼多家賣洋貨的，每家生意都好得不得了，進出動輒千萬，不夠駭人聽聞？政府要不查緝，那真失職了。小劉唸個幾句，妹妹眼眶冒淚，真是敗給她了。說到底還是小劉得去給人低頭。

趁著高公到局裡賽籃球的空檔，小劉拉著一旁抽菸閒聊，先是探探臺北分處對晴光市場的盤算，接著聊起郵包炸彈後續。高公說，那個姓王的小子，國慶日前一天寄出郵包，隨即搭飛機去美國，難怪大夥怎麼搜都搜不到一點蛛絲馬跡。負責海外的同仁，會同其他單位，慢慢鎖定以後，決定不打草驚蛇。先從姓王的在臺灣的家人下手，再讓美國那邊的運用人員引誘到香港。其實姓王的一到香港，就從朋友聽說，政府要抓了。

姓王的也算好漢，主動飛回臺北。聽說一送到保安處那邊，就認了郵包炸彈。小子趁偵訊人員不注意，企圖喝熱開水自殺。這種自殺法真是聞所未聞。幸好有救回來，去綠島負該負的責。

小劉好奇謝主席那邊怎麼反應。高公說：「謝主席真是老好人。左手裝上義肢，生活起居要費事點。」小劉一時口快：「也是有人只有一隻手，照樣出國走遍世界。」

高公看看小劉，笑得有些尷尬，小劉察覺禍從口出，只得乾笑，趕緊扯點別的事。他提起趣聞：三處處長路經敦化南路二段，有家百貨公司取名「東風」，便開始杯弓蛇影，要人徹查是否與共匪隔海唱和。起初，同仁一頭霧水，東風不就「萬事俱備，只欠東風」的典故？小學生都知道這出自《三國演義》。後來才曉得，禍首是毛匪喊出的「東風壓倒西風」。這還不夠，處長堅持要百貨公司改名，搞得裡頭有警總後臺的股東大為不滿。聽他們三處的人說，要不是這機緣，哪有機會跟大明星湯蘭花面對面？她那皮膚之好的，眼睛水汪汪，連呼吸都香。

那時是六十六年六月，天氣炎熱起來，小劉當科員幾年了，眼巴巴望著科長位置。黨外的花招層出不窮，處長在月會上，要同仁加強布建工作，送蔣院長來年安安穩穩到介壽路辦公。

像是桃園那個姓許的省議員，出書大罵省議會多是「職業政客」，引起不少風波，市面一書難求。姓許的呢，是司馬昭之心，路人皆知，誰都知道那是準備爭取黨內桃園縣長提名。處長判斷，以姓許的強出頭作風，不可能出線，但要對後續動作有所應對。還要持續掌握黃信介、康寧祥等黨外立委的動向，不能以為關掉他們的雜誌就掉以輕心。

小劉心想，這年是五項地方公職選舉，隔年還有中央民代增額選舉。加上先總統蔣公六十四年仙逝緣故，實施大赦，好些人減刑陸續放出來，也得盯著。接下來幾年有得忙了。思及此，小劉才發覺，成日在工作、家庭間奔波，案牘勞形，許久不曾思索教授偷渡之謎了。

這個感悟終究讓小劉知道，人不可能原地踏步，總有事情推著你走。也許小劉只是喜歡藉著想像教授的出走，幻想自己哪天也能遠走高飛，揮揮衣袖，不帶走一片雲彩。其實他永遠無法體會教授怎麼看待這一切，就像他永遠不可能知道教授如何嚴密策劃偷渡的所有細節。小劉慢慢瞭解，現實處境有種種不可避免的限制。即使脫逃，那也是大老爺才有的特權。他一介小民，還是腳踏實地，好好幹活。

二〇〇一

這年對馬面不好過。去年退休還好好的，兒子說網際網路正熱，什麼「.com」風潮，不上車就來不及了，把他大半退休金投到股市。不到一年，爆發網路泡沫崩盤，讓他血本無歸。

那陣子，他跟幾個老同事常在西門町的麥當勞或丹堤聚會，人人唉聲嘆氣。總統大選那回已經折騰好些人，彼此鬧分裂，結果讓一個落選臺北市長的傢伙進了總統府。他是不覺得怎樣，政治麼，來去一陣風，沒老同事說的那麼誇張。有人提起咱們在這年頭成了全民公敵，被醜化成過街老鼠、政客打手，細數選舉期間滿天飛的黑函攻訐。也有人擔憂軍公教人員退休優存利息已被大砍，往後只怕更少。

馬面通常只是聽，偶爾吸一口可樂，不大參與討論。其他老同事有時疑惑，從前馬面整天往電影院跑，若出席運動會、餐會也是意思意思，怎麼退休了反而常常到西門町跟他們喝可樂、泡咖啡店。

馬面不想老待在家。工作大半輩子，付清貸款的公寓卻找不到一個舒服的角落。這些老面孔讓他有安全感，儘管從來不親近，至少看著熟悉，像從前進辦公室。

他仍常常看電影，只是不論國片或洋片，多半令他失望，他也愈來愈常半路睡著。

他因看過不知多少遍的那電影，多年期盼二〇〇一年到來，結果導演本人拍完最後一部電影就過世，根本沒活到跟電影同名的年分。這些年來，他兒子每隔一段時間就幫他找那部電影，從錄影帶、三片裝雷射影碟收集到兩片裝VCD，真是一個年代就換一種規格。他卻發現自己看不完。電影步調有種舊時代的慢，他不是感到些微不耐煩，就是無法專心看，動不動陷入電影上映當年，在戲院看過好幾次的回憶，跟那時候的瑣事。

他兒子不再是只想著搭摩天飛車的小男孩，成天關在房間面對電腦，也不曉得在搞什麼花樣。前些日子，兒子說要給他看個東西。他坐在電腦螢幕前，兒子點開影片，竟是熟悉的哈爾9000映入眼簾。鏡頭聚焦在哈爾9000的發亮紅球，語氣同樣和善。一分鐘過去，影片結束。兒子解釋給他聽，去年不是有所謂千禧蟲危機，大家盛傳電腦因為無法分辨一九〇〇年或二〇〇〇年會導致系統崩潰？這支廣告是另一種電腦作業系統做的，嘲笑現在最普及的作業系統很爛，他們比較厲害。

兒子之前就跟他說過，那電影是滿厲害的，可惜沒預言到電腦會愈做愈小，也沒預測到個人電腦、網際網路跟手機這些東西的發明。他心想，沒預測到也不怎樣。三十幾年前人類就能上月球，現在科技進步，卻沒人再上過月球。他本以為有生之年可以看到人類上火星。還有，除了那部在腦子插網路線的電影，其他科幻電影也沒變得更厲害。這八成跟電腦和網路脫不了關係。年輕人不再做大夢，整天只想玩電腦，最後就是玩掉人生。

他記得，兒子小學作文夢想當太空人，現在成天打電玩，沉迷遊戲裡面的太空戰士。三十好幾還孤家寡人，他媽媽介紹那麼多對象，也不出去約會。聽說兒子想做股票，說得信誓旦旦，把存摺交給他，結果是半瓶水。

馬面神遊，被眼前一個老同事勾回。同事起身到鄰桌，跟穿著學生制服的女生攀談，兩人說說笑笑，沒一會，女學生挽著同事的手下樓。臨走前，他打暗號似的伸手指比三。另幾個同事，沒事般討論講價技巧，得意說起上禮拜找剛才那個學生妹才兩千八。

爆炸

那天本是尋常的一日。放學後，明秀和珍珍騎腳踏車到美新處看雜誌、翻報紙，隨興瀏覽新進圖書。女中到那兒不遠，走路不用十分鐘，不過她們晚點還要各自騎車回家。

她們先到克林食品店買顆肉包分著填肚子，牽車停妥，才進美新處。那時臺南像她們常常到那兒報到的中學生不少，美其名溫習功課，實則談點小戀愛。也有南師和成大的學生在那約會。美新處常放電影、辦藝文活動，還有很多唱片可聽，都不用錢。對家裡人丁眾多的學生來說，真是最佳去處。

明秀有時瞇著眼，在腦中重建那個傍晚的畫面、氣味和光影。

那天禮拜一，她記得是五點三十幾分走進去，天色略顯暈黃。她們上到二樓，找好位子，放下書包。她胡亂抓了兩本《今日世界》，翻沒幾頁，疲倦湧現，趴在桌子小睡。珍珍安靜坐在旁邊看雜誌。鄰桌是幾個一中、二中、女中的學生，幾個大學生模樣的男女低聲討論社團事務。有些人對著托福試題苦惱。那裡的美國人，不分男女年紀，永遠是最自在的一批人。他們像在自家客廳，翻起雜誌大手大腳。他們放唱盤聽音樂，搖頭晃腦，從不怕打擾別人。他們習慣問候彼此，有時興起，也會跟這些學生打招呼。

她曾在這兒看過幾個美國太太同一個大學男生學中文，她們抱著大大的卡式錄音機，錄下會話反覆練習。她旁聽，猜想大學生是哪來的僑生，國語有種外地腔調。明秀有些親友到美國人家裡幫傭，也聽說好心的主人偶爾邀這些house boys、house girls到南邊的美軍俱樂部MAGAMBO吃漢堡、喝可樂。她天天路過家旁邊的美國學校，占地廣大，高聳圍牆四四方方，校門站著警衛管制出入，一派閒人勿近的森嚴，誰也不知道那裡面是怎麼一回事，只聽說校園有片大草原。她騎車路過，常想著門口寫的Jonathan M. Wainwright School Tainan U. S. Navy，那位Jonathan M. Wainwright該是美國偉人，就像臺灣很多學校叫中山或中正。

明秀睡了二十分鐘，發麻雙手撐起沉重頭顱，動了動肩頸，調整兩側髮夾，眼皮有點睜不開。珍珍伸手，略略按摩她的頸後。珍珍的手老是涼涼的。矇矓之間，想到明年六月畢業，考取哪所大學還在未定之天，但總算能離開這座荒落古城了。她低頭，視線緩緩聚焦，雜誌封面上的邵氏豔星丁珮，也不過大她五、六歲。雜誌內文報導另一世界的產物，介紹超現代化新型汽車、剖析美國學生運動、國際局勢變動，跟她的生活沒關係，除非有天到美國去。她翻完雜誌，從書包抓出地理課本，準備過兩天的考試。

約莫六點四十多分，明秀輕輕拍著樓梯扶手到樓下廁所。她洗了把臉，掏出手帕擦乾臉，走往樓梯口。上樓之前，一個念頭闖出，高中生活行將結束，而她居然傷感起來了。

巨響炸開。

劇烈衝擊把她震倒在廁所前方。煙塵飛揚，顆粒懸浮，逼她咳嗽起來，頭髮、臉上、身體被粗細不一的塵埃覆蓋。她撐持坐起，舉起左手，手肘以下血肉模糊，正在湧血。她當下並不覺得痛，像在面對從未見過的怪異生物。真空籠罩她似的，所有聲音被關掉，眼前的牆面壞毀，紙片四散。

過了一會，她才聽見傳來遠遠近近的尖叫、驚呼，隨即昏了過去。

再醒來的時候，明秀已躺在中山路的崇愛醫院病房，右手掛著點滴，覺得有些冷。眼前是父母的臉。她父親急忙跑出去叫護士，母親問她感覺怎麼樣。醫生連同護士前來，簡報病況，說是只需觀察幾天就可出院。她知道家裡經濟不允許住院幾天，本想馬上回家，但身體一動，好像所有肌肉都一起痛起來，下意識抬起左手要揉太陽穴，卻見左手前臂變成包紮厚厚白紗布的圓柱體，頂端滲染著暗褐色。她鼻酸落淚，臉部擦傷被淚水的鹹刺激得好疼，哭得更厲害了。

她父親站在床邊，蹙著眉頭不響，定定看她。她母親別過頭，靜靜落淚。醫生說，妳算幸運的了，其他受到爆炸波及的傷患，不僅失去手腳，還有嚴重灼傷，得花更長時間恢復。

隔天，美新處長唐先生到醫院探視傷者。陪同唐先生的臺灣職員說，美新處已請專人盡速查明爆炸原因，也一定給傷患和家屬最好的照顧。父親面容稍微放鬆，將唐先生送來的鮮花插在床頭櫃的水瓶，要母親切蘋果給她吃。當時母親面對著那幾顆又大又紅的蘋果，有些躊躇，不知道果皮該留還是不留，最後切了半顆帶皮、半顆去皮分著吃。嘴裡酸甜、泡泡的口感，摻雜病房消毒水味，成了她的蘋果印象。

珍珍到醫院看明秀，說起被叫去派出所做筆錄的事。珍珍那時正在讀李香君專訪，猛然襲來的爆炸聲震破好多窗玻璃，桌椅搖晃，書櫃翻倒，書冊掉落一地，以為是共匪打來了，趕緊躲到桌子底下。珍珍慌張爬行，到處找不著她。驚惶稍歇，珍珍緩緩起身，見到幾個學生握著被玻璃碎片割傷的手腳，幾個美國阿兵哥往樓下衝。美新處職員大聲喊著疏散，引導兩個樓層的民眾，小心避開損毀區域，繞行而出。珍珍抓了兩人的書包，想著也許能在出口碰到她。混亂中有人圍著急救傷者。珍珍和幾個學生推擠到外頭，周邊居民湊近探看，隨後是大批軍警包圍，據說調動了空軍基地兩千人到場，像在拍戰爭片。珍珍身上掛著兩個書包，焦躁尋找她的身影。

美新處的人堅持建築裡屬於美國領土，想維護現場的完整，讓美方自行派人處理，不願警方介入。幾輛趕來的救護車進出救人好幾趟，珍珍瞥見她在擔架上被運出來，這才趕緊跳上腳踏車，直奔她家報信。美新處職員勸阻不了一隊隊軍警人馬衝進現場，並未找到其他爆裂物。大概八點多，美新處長唐先生從高雄趕回臺南現場，臉色凝重聽身旁職員和警方七嘴八舌，不發一語。看熱鬧的民眾擠滿路口、莉莉水果店門口，還有路對面的孔廟和忠義國小面向美新處那一側。

她半是拼湊半是想像，如果從高空中俯瞰美新處，大概會看到紅、藍燈光不停旋轉，街道路燈，店鋪招牌，群眾圍攏，窸窸窣窣。鏡頭愈拉愈高，點點燈芒變得像星星，趨於無聲，融入黑暗。

傷口尚未癒合期間，父親騎摩托車載她上下課。寡言父親總要明秀右手抓緊他的腰帶，左手輕輕搭在他肩膀，運送一盒易碎雞蛋似的，放慢速度騎著。一路上他們通常無話，聽憑途中人車流過。有次父親閃個路面小窟窿，車身歪了一下，她險險沒扶好他肩膀，父親伸手來拉，碰到那圓錐般的左手，觸電一樣縮了手。抵達學校，她發現父親眼睛紅紅的，還沒來得及說什麼他就掉頭騎走。

美新處爆炸後長期關閉整修，在那兒認識的朋友，不知都去了哪，再沒在這小小的城相遇。珍珍和她只得改去公園路的市立圖書館。那兒無趣多了。不過她們也沒閒工夫喊無趣，日以繼夜埋首書堆，準備來年大專聯考。

放寒假的時候，珍珍在教會的一中朋友麥可從臺北回來過年。原來他打架被退學，轉學到建中讀高三，難怪整個學期不見人影。反而麥可說他媽才在講，很久沒在教會看到珍珍了。珍珍吐吐舌頭，促狹一笑，高三了嘛。麥可從頭到尾都沒問起明秀的左手。他們坐在莉莉水果店，喝著果汁閒聊，沒人料到她一考完七月聯考，沒等放榜，就去了美國。

起因是美新處邀了幾個受傷學生和家長，到美軍俱樂部餐敘。好些人是第一次進到俱樂部，拿著刀叉吃牛排自不用說，生菜沙拉也讓大家嘖嘖稱奇。某個家長說，吃這菜就跟牛一樣，難怪美國人那麼高大。也有家長說沒配白飯就是不太對勁。眾人吃食好一陣，處長唐先生拿餐刀敲敲玻璃杯，起身清了清喉嚨。他說，美國官方對於發生悲劇感到抱歉，目前正在研擬賠償辦法，一定給大家交代。

唐先生特別強調，美新處爆炸現場因為遭到政府軍警搜查破壞，許多不相關的辦公室物品都被動過，中情局的科學鑑識人員前來勘查，也難以追溯線索。倒是國民黨政府宣稱，已掌握歹徒動向，真相很快大白。

幾位家長當場表達不滿，抱怨事件發生至今好幾個月，美新處除了付醫藥費、送花送蘋果以外，什麼都沒做，如今孩子要面對終生殘缺，該如何相信處長的保證？

她父親靜靜幫她切牛排，聽其他人說話。她有些詫異大人可以這樣質問美國人。唐先生略顯尷尬，再次保證一確定賠償辦法，就聯繫大家。

餐會隔天，臺北館前路的美國商業銀行發生爆炸案。這次爆炸震碎銀行一樓玻璃落地窗，十幾人受傷，但似乎都是輕傷。後續發展，因為準備聯考，她也沒心思追蹤。

珍珍問她，沒有手的話，聯考會不會加分。她沒想過，只說不知道。珍珍又問，沒有手的感覺是什麼。她解開左手衣袖鈕扣，捲起，露出沒有左手掌的左手臂，問珍珍要不要摸摸看。珍珍怯生生伸出手指，輕按殘肢，問她還痛不痛。她說不會，只是看起來好醜，過陣子要裝上義手。她打定主意，到了學校換季穿短袖上衣，依然要穿長袖制服。

珍珍收手說，我爸有些祕密。她扣著左手袖扣，轉頭看看四周，晚自習前的球場空蕩寂寥，沒其他人，只有她們坐在籃球架底下，就著教室發出的燈光，剪出場上人影。

珍珍說，我爸認識神學院的外國牧師，聽說爆炸案牽連去年偷渡的臺大教授。其實美國人不相信爆炸案查不出來，之所以查不出來，都跟政府有關。據說二、三月的時候，臺北有外國牧師被趕走，好幾人被抓，包括教授的學生跟某個名作家。珍珍轉述她爸的話，用膝蓋想都知道這些文人怎麼會做炸彈，實在太過分了。她問珍珍，名作家是誰。珍珍說，我爸沒講，但多半跟《文星》雜誌有關。他就是在翻閱家裡收藏的那套《文星》唉聲嘆氣，喃喃說著這麼好的雜誌怎麼就給關掉了。

高三下學期消磨在大大小小模擬考之中。六月畢業後，她們每天持續到學校自習。一天中午，她父親接她到美軍俱樂部附近。這次不是進俱樂部，而是去旁邊的出入口，拱門寫著 The Shamrock of Houston and Formosa 的招待所（她不懂為什麼休士頓跟福爾摩沙放在一起）。美新處的臺灣職員迎面等候，領進一間起居室會見處長。

唐先生開門見山說，他們有意將爆炸案受傷的學生送到美國，接受更好的醫療照護，也讓他們在美國就學，日後願意的話，可留在美國生活。這些費用一概由美國負責。

她父親沒說話，只是看看唐先生，再轉頭看看女兒。唐先生問，有沒有什麼問題？她父親沉默了好一會，彷彿在思考如何把國語翻成英語。但父親根本不會說英語。父親最後開口問，什麼時候出發？唐先生微笑回答，最快七月底前安排赴美，先讓她去念語言學校，之後再申請就讀美國的大學。

就這樣，她考完大專聯考，辦好護照、簽證，戴上義手，揮別父母和弟弟妹妹，同其他幾個傷殘學生北上到松山機場。他們一行人，有人撐拐杖，有人坐輪椅，她算行動方便的了。有個回美度假的白人先生一路陪伴他們。

他們落腳華盛頓特區的寄宿家庭，隨即到語言學校分班上課。她又陷入準備聯考那樣，天天跟英文搏鬥。女中的英文老師老說，學英文要像西方人大大方方，不要像東方人一樣扭扭捏捏，要大聲說出來。但她們不過是跟著老師複誦課本的英文例句，念再大聲一樣派不上用場。比如她跟寄宿的美國媽媽說，昨晚「開夜車」讀書，講burn the midnight oil，反倒令她疑惑是中文翻過來的英語。

她帶來《新英文法》和遠東英漢辭典，日日聽說讀寫，泡在全天候英語環境，撐過最初幾個月，漸漸不那麼痛苦了。她不時翻讀《紐約時報》、《華盛頓郵報》、《新聞週刊》、《時代》，以求增加詞彙量。

半年後，她已能不帶心理負擔，隨手翻開《紐約時報》。赫然一個標題「From a Taiwan Prison」跳出來，逼她仔細讀下去。她想起並不很久以前，珍珍說過的那些話。

那些用英文拼寫的名字，她完全不曉得誰是誰，但隱隱直覺，爆炸案真凶另有其人，他們只是被捉去當替死鬼。這些日子讀美國報刊，跟從前在臺灣讀報刊不一般，原來世界發生很多事情，有各式各樣的人，複雜得難以想像。就說供她寄宿的美國夫婦，他們的孩子都離家生活，夫婦倆仍忙得很，每星期有好多社區的、教會的、學校的活動，對她完全放牛吃草，毫不干涉。在這就是自動自發，沒人會在後面拿籐條逼著做這做那。夫妻倆在她申請大學的時候，給了許多建議，幫她修訂申請資料。當她收到紐約大學錄取通知，他們比她自己還高興。

出國一年，國際情勢變化很大。當她奮力拯救幼稚園程度的英文能力時，中華民國退出聯合國了。報紙上的用法是「立即驅逐」（expel forthwith）蔣介石的代表。她當下以為，只是驅逐代表而已，後來才弄懂是整個國家的代表權全沒了。

珍珍那時從臺大發信，說聯合國這是「排我納匪案」決議，我們是自行退出聯合國，蔣總統要國人「莊敬自強，處變不驚」。國內群情悲憤，傳言明年美國總統尼克森就要去跟毛匪握手。明秀擔心留學計畫生變，不過既來之，則安之，沒接到通知就賴著吧。美國和臺灣距離遙遠，她在這迢迢遠方，難以關心國內狀況，只能以眼下的生活為重。後來到曼哈頓島上念大學，不時經過聯合國總部，她總想，那麼多複雜難解的國際事務，居然能在那棟樓裡開會決定。

大學頭三年，她住「華盛頓廣場村」（Washington Square Village）宿舍，跟另個同學艾比共處一室。艾比帶她一塊布置房間，教她操作新奇的微波爐（這是她父母送的入學禮物），特別交代不可把生雞蛋放進去微波加熱，小心會爆炸。

艾比有次在房內抽捲菸，也遞給她抽一口，她猶豫地接過。艾比補充，這不是普通的菸，可以幫助放鬆，妳太緊繃了，像隻受驚的小貓。她想起從小到大，身邊人都說抽菸的女生不是吧女、舞女就是做黑的，總之不是什麼好形象，她勉強吸了幾口。像秋天收割後的稻田靜靜燃燒，也像逢年過節拜拜燒的金紙。過一會，她呆呆看著艾比，覺得那張臉比平常好看，伸手想摸艾比。她捧著艾比笑嘻嘻的臉，白裡透紅，長著極細極細的汗毛，下顎隱隱透著幾條淡青色血管，牙齒潔白整齊。左手的觸感不太對，明秀脫去包著手套的義手，用殘肢抵著艾比的柔軟臉頰。她們笑得好開心。這是她到美國以來最輕鬆的一刻，好像可以一直笑一直笑。她既放鬆又想立刻起身掃地，把窗戶門框全部擦乾淨。

艾比狂放不羈，時常大發反越戰議論，關心環保議題、女性權益、種族問題等等，彷彿世上發生的倒楣事都與她有關。艾比跟選修課的教授上床，不是為了成績，而是單純覺得好玩（她的評語：毫無想像力的姿勢，我還以為自己在跟傳教士搞）。還有一回，艾比幫同學買安非他命被逮，多虧警察放她一馬。

升上大二，艾比幾乎不上課，不回宿舍，跑到四十二街的酒吧打工，跟酒吧老闆同居。有些人就是這樣，在某個時期像個嚮導，引領你跨越門檻，開始新生活，然後不知不覺從你的生活消失，而你其實也不是新手了。她在紐約大學認識了好些臺灣同鄉會的留學生。同鄉會去多了，她也聽他們談臺獨聯盟、保釣以及蔣院長來訪紐約被槍擊的往事。

有些年長的留學生認識刺蔣的兩位槍手，據說一個棄保逃亡下落不明，另一個到處坐牢，前兩年才回到美國坐牢。他們感嘆，都讀到美國名校，找到不錯的工作了，卻幹傻事，一切辛苦放水流是為哪樁。有人開玩笑，當初為了要保釋他們兩位、幫打官司，多少人踴躍捐款，也有拿房子抵押貸款的，結果他們一跑，都化為烏有。有人補充，他們跑了還不算最糟。那個建築師的太太，生了兩個小孩，自己也獲聘到蒙特梭利學校教書，結果一出事，太太帶著小孩到瑞典絕食抗爭，跑倫敦、紐約探監，像在行灶腳，哪想得到建築師出獄去瑞典，就跟太太離婚。也有人神祕兮兮說，建築師的太太正是那個槍手的妹妹，要是當初一個不好，就同時失去哥哥和丈夫了。在這類場合，她只聽不說，任憑訊息路過。

明秀讀大學那幾年，有個叫做「地下氣象員」(Weather Underground）的激進組織到處放炸彈，宣傳反戰、反種族壓迫的理念。他們喊著「把戰爭帶回家」(Bring the War Home)，令她詫異又疑惑，怎樣的理念會寧可自家有戰爭？水門醜聞也是她來美最初幾年常見的新聞，一宗竊聽事件竟可導致總統下臺，尼克森宣布辭職的歡快模樣好像獲得一個更好的工作。隔年四月，月初先是蔣總統逝世，月底則是西貢淪陷，國際情勢天翻地覆。

珍珍那年臺大畢業，找到美國海軍輔助通訊中心（Naval Auxiliary Communications Center, NACC）的祕書工作。她笑珍珍好端端的臺大外文高材生，大材小用做起祕書來。珍珍寫信，要她以後用NACC專用信箱聯繫，比較能暢所欲言，之後寄一些有意思的書刊給她，也要她寄些美國的流行書刊回去。接到這信，她才發覺，珍珍在大學肯定改變不少，不然怎會寄來《大學雜誌》或《臺灣政論》這種黨外雜誌？她知道不少臺灣留學生，私下傳閱這類雜誌，包括海外臺獨組織的機關刊物。這些散播雜誌的人，滿像四十二街的毒販，要跟國民黨潛伏美國的特務或職業學生鬥智鬥法。

她有時想，當年若跟珍珍一起上臺北讀書會是怎樣。她試著從腦海中召喚珍珍高中時候的臉，柔嫩水亮，笑起來有小小梨渦。珍珍可能參加救國團營隊，玩社團，遇見某個男孩，一起經歷某些事，探索彼此身體。她想得漫無邊際，把自己代入珍珍的生活，儘管她對臺北近乎一無所知。

一想起艾比，她就去四十二街的酒吧。艾比在，她們會多聊幾句。別人當班，她就獨自小酌。她習慣待在吧臺一角，旁觀著來收保護費的警察，帶妓女進來小歇的皮條客。

有個夜晚，艾比給她端上琴湯尼，隨手丟來一本書，白色書皮印著黃色書名、藍色作者名。艾比介紹，作者說的「女性迷思」(feminine mystique）有多麼難以摧毀，這裡每晚都在印證。隨即努努嘴，要她看看吧臺另一側，身穿粉紅西裝的黑人皮條客，正在調教白人妓女。艾比說，整個社會以男性為中心，不分膚色，以各種管道，迫使女性屈服在以丈夫、子女為重的家庭主婦形象，並且以性的滿足當作自我實現。

妳想想，一個男人出來找女人，因為家裡的妻子無法滿足他，這是妻子的錯。男人總有歪理好說。為何不是反過來？——是丈夫滿足不了妻子，他們只好出來找妓女——妓女總會讓他們滿意。艾比的話，對沒談過戀愛的明秀難以領略，她似懂非懂點點頭。

她常把一杯酒喝成一個晚上，離開酒吧，走入隔壁販賣色情雜誌、影片的店，在那個充滿男性體味的密閉空間，觀覽商品。那真像肉鋪，各種顏色的肉體橫陳，勾引欲望。在場顧客的目光往往停在她身上，像看到珍禽異獸。她膽子更大的時候，會鑽進一個類似電話亭的小隔間，投幣看起色情影片。站著看螢幕裡的妖精打架，渾身燥熱，腹部有股騷動幽幽升起。從隔間出來，排在後頭的男人睜著圓眼，見她滿臉通紅，低頭步出店門。

她斷斷續續翻讀艾比給的書，學習從不同角度檢視女性與男性之間的關係。她發覺，臺灣同鄉會，或所謂臺獨組織，都是男人的天下，女人只是裝飾。多數人只想拿學位，留在美國，過安穩日子。

臺獨理想是鄉愁，或週末話題，穿梭在女人費心準備各種烤肉材料、拌沙拉、做蛋糕的空檔。這個話題的比例漸漸下降，比小孩功課或房地產這類現實課題還低。同鄉會當明秀是孤苦伶仃的小妹，每次聚會總叫上她，也介紹男生給她。她心懷感激之餘，不免感到這背後，夾雜著因為她是殘障、她是女生的施捨善意。這些臺灣人身上，佐證那書描述的，籠罩在現代女性自我發展過程的種種迷思。如果作者十多年前觀察美國女性有那般現象，至今受傳統禮教束縛的中國女性，看來更服膺這些迷思而毫不自知。

家族長輩就對她讀女中有微詞。他們認為女生沒必要讀那麼多書，時候到了總要嫁人。這些都與那書描述的美國婦女狀況相通，破除她對歐美先進國家的迷思，以為這兒的社會先進、科技先進，許多觀念自然先進。所以那本書的開頭才會深深擊中她：

> 這個問題，多年來還深埋在美國婦女的心中，未能發出聲音。它是一種奇怪的翻攪，

一種不能滿足的感覺，是一種自二十世紀中葉以來美國婦女便深受其擾的衝動。每個住在郊區的太太都得單獨與它搏鬥。每當她鋪床、上超市、搭配椅套的顏色、陪小孩吃花生醬三明治，以及充當導護媽媽接送學童……直到晚上在丈夫身旁躺下，她甚至害怕去問自己這個靜默的問題——「這，就是全部了嗎？」

這段話描寫的無名難題，彷彿道盡所有女性的內在探問。明秀從小到大常被提醒：妳是大姊，所以要照顧弟弟妹妹；妳是女生，所以要站有站樣、坐有坐樣，要端莊嫻淑，不可粗俗莽撞。她母親老是拍她的腰，提醒她不要彎腰駝背。她報考女中那時，好多親戚勸說去讀家政學校比較實在。在他們的想像裡，女人最重要的是找到好歸宿。從來沒人告訴她們，結婚之後呢？臺灣已有許多女生上大學，眾人期待的也不過是在大學認識更好的對象，或在大學畢業後找到好工作、認識更上流的對象，結婚生子。彷彿女生只需規劃到結婚，不必去想婚後主宰妳的是丈夫，占據妳的是孩子，以及無窮盡的家庭瑣事。緊接著，更大的問題來了：我到底想做什麼？

即使聰慧如艾比，理解女性迷思的根深蒂固，關心《寂靜的春天》警示的環境汙染問題，懂得啟蒙像她這種無知女子，她仍覺得艾比並不知道自己想做什麼，才會放著大學不讀，整天在酒吧瞎攪和。她懷著困惑，繼續浮沉在這八百萬人的大城，到前衛村聽爵士樂，看那些樂手夜夜帶著吸毒過後的迷茫，吹奏出朵朵開花的樂音。也到格林威治村的小酒館，聽浪遊到紐約的民謠歌手，唱些意味不明的歌詞。但那些歌，萬花筒似的旋轉樂句，只能麻痺思緒一小段時間，演奏過後，依然只有她的困惑伴隨她，踽踽走在夜半滿是垃圾、菸蒂、碎玻璃的人行道。

回響

明秀很少意識到曼哈頓是一座島。馬克帶她到康尼島搭摩天輪的時候，半空說起十九世紀中期，曼哈頓舉辦過博覽會，造了盜版倫敦水晶宮。四十二街那時也出現高達三百五十英尺的賴廷瞭望塔，人們搭電梯上到觀景臺，可以俯瞰整座曼哈頓直到島的盡頭。今日的曼哈頓是摩天大樓之島，帝國大廈、熨斗大廈、克萊斯勒大廈、泛美航空大廈、伍爾沃斯大廈，還有即將完工的世貿中心雙子星。一百多年前那座傲視全島的瞭望塔，也不過通用汽車大廈的一半高。

馬克開她玩笑，荷蘭人在十七世紀的時候，一東一西把她家鄉和曼哈頓變成殖民地，沒想到三百多年後，換美國來殖民她家鄉。

說不定過幾年就嫌麻煩了呢，她笑答。

他們相遇在艾比當班的酒吧。馬克一副被拖到暗巷痛毆過後，沿街爬到酒吧討杯酒喝的模樣。他似乎每抿一口酒，渾身傷口都在哀號，又需要酒精麻痺痛覺。艾比如此介紹馬克：讀哥倫比亞大學，參加激進團體，三天兩頭跑遊行場子，衝在最前線跟警察車拚，好像不用讀書似的。他那晚剛從警察局出來。馬克對她很感興趣，不停發問關於毛主席、文化大革命這類事情，她說自己從臺灣來，不懂這些，他立刻面露失望。

他們在一起之後，他坦承，一開始追她，不脫某種對第三世界人民的好奇。馬克帶她參與的地下組織，主要目標是推翻美國政府，甚至不惜訴諸暴力手段。她陪馬克開過幾次無比漫長的祕密會議，聽在場每個人自我批判，再讓其他人輪流批判，據說是從中共那邊學來的批鬥形式。她坐在現場，愈聽愈荒謬。她從小聽人把「殺朱拔毛」喊得震天價響，美國人卻拿他們當偶像，要學老毛搞革命、打游擊。他們透過小組會議反覆強化彼此暴力抗爭的傾向，傳閱著安那其主義的「食譜」、阿林斯基的群眾組織手冊。

開會期間，另一個房間的小組在實驗著硝化甘油、雷酸汞、氯酸鉀、苦味酸銨、三硝基甲苯之類的爆破裝置。她總忍不住想像，現場意外爆炸的景況（畢竟地下氣象員組織最初就搞出自爆，炸死三個成員）。提煉迷幻藥物、烹煮奇怪蘑菇和做炸彈都在同一個房間，她有時也幫忙檢查製作步驟。她單手收拾化學材料、清洗燒杯之餘，聽到小組成員不時欽慕地提起地下氣象員，談論那些扔向法官的汽油彈、放在國會大廈和五角大廈的抗議炸彈。彷彿地下氣象員是到處巡迴的搖滾樂團，而他們是起身效尤的狂熱追隨者。

她常坐在漫長批鬥會的角落，長時間凝視雙手，一隻真的，一隻假的，心裡數羊似的數著時間。馬克問她的手是怎麼回事，她回說小時候家鄉水源受到重金屬汙染，就這樣了。馬克再問，像日本的水俁病？她點點頭，觀賞馬克憂心環境汙染的表情，覺得很有趣。只是馬克接著滔滔批判資本主義與環境公害超過一小時，她就後悔了。

那組織只有一個白人女生的話讓明秀有些共鳴。她說自己無法眼睜睜看著美國政府欺壓其他地方的人，到處製造血淋淋的暴力。她沒法心安理得去過白人資產階級的穩定生活。如果她身為白人只想追求所謂的好生活、好工作、建立幸福家庭，卻同時放任政府在外頭殺人、在內壓迫黑人，這就是活生生的暴力。愈多人坐視不管，就是默許愈多暴力肆虐，而那沉默本身就是暴力。明秀心想，所以妳才會提供組織這棟布魯克林的大別墅，方便大家開會和製造炸彈。

他們認為「非暴力」做法毫無成效，只是助長不公不義四處蔓延。他們懷著白人的歉疚，長篇大論地控訴國家、社會或資本主義那類很大的存在。幸虧她的膚色、來歷以及失去的左手，她不用承受批評。可她也領悟到，原來自己出身第三世界，正屬於要被他們解放的那種人。

明秀同樣發現，曾經的女性啟蒙導師，在組織裡被批得一文不值。他們批判貝蒂・

傅瑞丹迎合主流中產階級異性戀，完全忽視女同性戀，所謂的女性解放只是殘缺不全的假貨。

啟發她的傅瑞丹提倡女性在妻子、母親、家管的角色之外，找到第四個層面來實現自我，追求男女平等的社會，馬克卻嘗試引她進入組織內部的混亂關係。起初，她以為那是某種小組討論，大家喝酒、抽菸，分著吸大麻、吞迷幻藥。有個女生當著她男友的面，跟另一個男的接吻，其他男生伸手摸她，也包括馬克。她茫茫呆視眼前一切。接著是一隻手、兩隻手、三隻手、四隻手撲向自己，好像她是一坨待揉的麵團。不知誰卸下她的義手，將那醜陋殘肢拉往男女交疊的肉堆。她不願回想那晚的細節。她只確定，沒有不愉快，只是不喜歡那樣。

也許她這第三世界的殘缺女體，終究無法融入第一世界的激進理想。而且她實在沒法在這種開放性關係與對女性的性剝削之間，畫出一道明確的界線（「剝削」這個詞她還是在這學到的）。

她不再陪馬克出入組織聚會。她逐漸發現，馬克在陷入虛無。他打不進最高階的組織核心，而他對反抗運動的付出，只換來無動於衷的現實。再多示威遊行，再多抗議炸彈，皆被國家機器消弭無形，彷彿有一層層攻不破的防護罩。美國軍隊照常在各地運作，中南美洲到處是美國扶植的獨裁政權，什麼都沒有改變。直到美軍從西貢狼狽撤退，長年打著反戰旗幟的反抗組織，突然失去了著力點，隨即一連串分崩離析。所有參與者被迫回到原本的平凡日常，面對那些扣除政治理想、激情行動後，剩下的東西。

於是馬克也跟她一樣，到頭來仍要面對「我想做什麼？」這個大哉問。馬克大學肄業，家人因為他長期從事激烈抗爭漸行漸遠。斷炊在即，他只得先找個工作餬口。有著同樣困擾的兩個人，並不適合在一起。明秀對待這段感情，就像她偷偷參與又退出的地下組織。即使艾比也不瞭解內情，更別說同鄉會那些人了。

她渾渾噩噩從大學畢業，陸續幫同鄉工作，做過學院機構的研究助理、貿易公司的祕書這類可有可無的工作，就像許多可有可無工作著的美國女性。她似乎落入一條終將成為妻子或母親的軌道，過著漫無邊際也不知何時結束的「過渡期」。此時美國報刊都在談論與中共建交的前景，這也成了同鄉會的話題之一，大約夾在國內熱鬧的選舉活動與美國景氣的低迷之間。

那陣子，珍珍來信抱怨她不常寫信，也沒多寄點雜誌回去。她閉上眼，想像珍珍氣嘟嘟的表情。珍珍還說，家裡人提到臺南的美國學校關門了，這也符合在NACC聽聞的風聲，美國在臺的機關單位都在悄悄變動，中美斷交是遲早的事。珍珍信裡附注，前些時日偶遇在小金門當預官的麥可放假回臺灣。這兩年國際局勢巨變，許多應屆畢業的男生不敢入伍當兵，就怕發生戰爭，麥可倒是滿勇敢。

不過幾年時間，她已想不起麥可長什麼樣了。就連生活過那麼多年的臺南，似乎也輕飄飄，有如醒來就忘的殘夢。

明秀再次接到珍珍來信，內容提及省主席被郵包炸彈炸掉一隻手，嫌犯是在美臺灣人，還問她該不會見過那個人吧。她真不認識。倒是這種做法，令她聯想起美國這些年發生的爆炸案，還有她自己那場爆炸。

她想過好多次，也許曾在美新處與放置炸彈的人擦身而過。也許她當時察覺哪裡不對勁。也許這些都是妄想，她只是比較倒楣。

幾年前，美新處長唐先生返美度假，趁機邀他們幾個受傷學生在華府的國會圖書館茶敘。唐先生懷著歉意，提到仍未找出爆炸案真凶。國民黨給的交代，就是宣稱抓到一個犯案小組，不僅犯下美新處爆炸案，也包括後來臺北的美國商業銀行爆炸案。國民黨讓這些人穿著黃色雨衣，從頭到尾演練製造炸彈、放置炸彈的過程，全程拍下影片作為證據。

唐先生說，那幾個人看起來相當熟練，像是經過多次排練一樣，反而更加可疑。再看嫌犯名單，有作家、兩個坐過牢的政治犯，還有幾個不知哪找來的倒楣鬼。他們算是異議分子，卻怎麼看都不像炸彈客。美方情報指出，中間另有一個就讀成大的馬來西亞華裔學生被誣為主嫌，只因他曾在美新處幫幾個美國人補中文。但國民黨當局最終決定讓這批人當替罪羊，也要那個馬來西亞學生背其他罪名。唐先生幽幽感嘆，國民黨真麻煩。

她看同在這座雄偉圖書館的其他人，依舊撐拐杖、坐輪椅，沒人來美國受到良好照顧就長出新的手腳。為什麼唐先生非要他們不遠千里、爬這麼多階梯，曲折來到這間會議室茶敘？唐先生言下之意，爆炸案是國民黨自導自演。但有沒有可能是哪個左派團體，派了臥底去臺灣丟炸彈？也許他們事先警告或事後招認的訊息被國民黨攔截下來，導致兩個爆炸案成了懸案？或者同鄉會的誰拿到做炸彈的「食譜」，回臺扔了炸彈就出國？整場茶敘，她的右手始終交疊在左手上面，放在翹起的二郎腿膝蓋。她突然想到，那位逃來美國的教授、省主席和她，三人都失去了左手。她自己是右撇子，他們兩個有誰是左撇子嗎？

明秀每回踏進唐人街，宛如進到租界區，店招大大的漢字，沿路商號、餐館，廚房飄出的燒菜油煙，都在呼喚她體內的鄉愁。她知道很多臺灣人來美國落腳這一區，打中國工、吃中國飯、交中國朋友、看中國報紙，一輩子不出去，照樣過日子。

她抗拒這樣。這不免讓她聯想到美國對待黑人的方式，所謂「隔離但平等」（separate but equal）。都說這兒是種族大熔爐，實際上只是各種族畫地自限，大家各自待在小圈圈，井水不犯河水。她既對白人主流社會沒認同，也不願把自己關在同鄉會的人際網絡。該到哪兒去？她一團矛盾，無所適從。從曼哈頓搬到皇后區的傑克森高地，她仍是一枚釣不到魚的浮標，乘著潮起潮落，在城裡隨波逐流。

直到在天公廟旁巷子，唏哩呼嚕喝下那碗腎臟形狀的魚丸冬粉湯，明秀才感覺踏實。她慶幸魚丸冬粉的滋味、熱度跟記憶分毫不差。南下陪她的珍珍，笑她像個滿足的白癡，表情傻呼呼。這是她相隔七年，首度回到故鄉。

她們信步遊走，經過測候所，繞過民生綠園，穿過孔廟（她在這裡的孔子像前向珍珍比較紐約華埠的孔子像），來到美新處。入門後，有些說不上的差異。爆炸痕跡被清除得像是從未發生。她們重回高中時代，結伴上樓，到圖書館翻閱報刊。珍珍拿起封面繪有大鳥伴著小鳥飛翔的小書，說作者是朱西甯的二女兒，這兩年相當暢銷，成了年輕人的新偶像。她翻了翻放回，咕噥著這離我太遙遠了。珍珍笑嘻嘻說，去吃水果。

美新處旁的水果店生意更好了，隔壁接骨所也還在。珍珍自己好一段時間沒回臺南，大誇番茄切盤還是臺南好，吃不慣臺大附近的冰果室，到南昌街吃水果切盤又不過癮。她嘴裡咀嚼沾滿薑汁醬油的番茄，隨後仰頭灌了一大口白柚汁，喝得肚腹冰涼。席間，珍珍轉述馬路消息，當年在紐約刺殺小蔣的一人是臺南人，據說事件後不久，他媽媽就在鴨母寮菜市場旁邊車禍過世。她問，那另一個的家人呢？珍珍說，好像沒事的樣子。

明秀背著珍珍給的幾本黨外雜誌回家。老家剩她父母、讀國中的小妹，其他弟弟妹妹不是出外讀書，就是出外工作了。媽媽嫌她太瘦，沒有像美國人那樣喝牛奶、長得人高馬大。她說出去那時都十八啦，發育期早過了。她媽餵豬似的端出雞湯、排骨湯滋補她。家裡人總算在她北上前一天團圓，全家好好吃了頓飯，弟弟妹妹領到她準備的禮物，逐一更新各自近況。當晚她翻來覆去，難以入眠。在紐約孤家寡人，一回來就見家計的沉重擔子壓在父母身上，自己身為大姊，除了寄點錢回來，也不知能怎麼分攤。幸好爸媽身體硬朗，弟弟妹妹也漸漸大了。她模糊入睡前最後一個念頭是，今年總算避開一個人的感恩節了，而且也在家跟家人團聚，儘管他們根本對這節日沒概念。

十二月初，她整好行囊北上，等於要先跟家人道別了。她近午搭上火車到臺北車站已屆傍晚。珍珍來接，幫她拎著手提袋，往後火車站方向，走到建成圓環吃晚餐。這是她不曾體會的臺北生活，半空似有鑊氣、蒸氣共舞，四面八方擠滿了人群的體味和各色菜餚的香氣，好一方熱鬧滾滾的飲食天地。珍珍說不過癮的話，附近還有寧夏夜市。

那十來天，珍珍領著她四處嘗鮮，不僅在感官上，還有精神上，尤其是親睹國大代表和立委競選活動。十二月八日選舉起跑，珍珍帶她到黨外候選人自辦的演講會，一下龍山寺，一會國際學舍，一會景美分局前，一下士林宮廟前。每到一處，珍珍忙跟這位大哥、那位大姐寒暄。珍珍加入黨外助選團，在臺北的辦事處跑腿打雜、製作文宣品。

她略略意外高二就申請入黨的珍珍，竟然成了黨外。珍珍一貫笑嘻嘻辯解，以前是因為誤解而入黨，現在是因為瞭解而分開嘛。珍珍幫忙過募款的民主餐會，也協助競選人出書募集競選經費，還自己認購好多本到處送。她聽珍珍細數今年去過的競選拍賣會、餐會、婚禮、追悼會、座談會，簡直頭皮發麻。

珍珍主要幫忙一組臺大哲學系教授搭配女記者的競選組合，時常要到臺大側門的新生南路上看民主牆大字報，再越過中間的照相館，到隔壁打對臺的愛國牆看看批評。這組黨外候選人在臺大校門口辦政見發表會，現場萬頭攢動，令她想到麥迪遜廣場花園的球賽盛況。會後捐款，大家彷彿怕晚了就沒搭上民主列車似的爭先恐後，不斷扔錢，看得明秀瞠目結舌。

珍珍那會兒常點名，「妳美國回來的妳說說」，要她給意見。她其實沒什麼意見，至多提些美國報刊看來的說法。好比說，所謂的愛國人士總愛恐嚇，要是黨外人士當選就會造成國家動盪，步上越南後塵。她回應，事情沒那麼簡單，美國年輕人長期反越戰，主要因為那是不公義的戰爭，師出無名。而且美國軍隊屠殺越南平民的劣跡被媒體披露，大眾輿論皆無比羞愧，深入批判越戰的方方面面。她說著說著，時常發現自己只是轉述報章雜誌說法，也發現珍珍只想從她這裡找到反駁愛國人士的說詞。

有一晚，珍珍跟她在臺大校園散步，說起了命運。明秀猶疑間，珍珍注視她的左手。明秀略抬起義手回說，很少想到，大概習慣了。珍珍問，會恨嗎？她好像受催眠剛醒來的人，一下子對於「恨」的含意不明所以，想了好一會才答，不知道欸。她們靜靜走在幽暗的椰林大道，幾輛腳踏車從旁經過。她覺得自己離那些大學生的歡快、笑鬧好遙遠。

返美前一晚，她邀珍珍看午夜場電影，稍微跳脫一下密集的選舉活動。她刻意選了當年最熱門也播映最久的《星際大戰》，讓腦子稍作休息。回到珍珍住處，她們盥洗完畢，關了燈，躺在床上聊天。珍珍停不下來，還在說這次一定能選得不錯，下次妳回來就不一樣了。

珍珍突然起身開燈，屈身檢查託她帶出去的文件是否確實車好縫線。珍珍略帶抱歉說，最近常神經兮兮。燈關上，漆黑房內，劃過摩托車急馳的排氣聲。她本想再聊聊電影，珍珍酣睡鼻息已在低迴。

一覺醒來，美國卡特總統宣布明年元旦與中共建交，天大消息跟她一起上飛機。政府宣布中止一切競選活動，選舉延期。珍珍悲憤地跟她揮手再見，她只能回以安慰，使命必達。

她到日本轉機，停留三天，趕車似的與東京臺獨組織、大阪人權團體代表碰面，收付信件。她也到池袋的中華餐館，大啖熱騰騰的大滷麵和煎餃，並沒見到像革命家的人。從東京飛往紐約的十幾小時中，她終於能緩下來，回顧這段「民主假期」。

比方有天下午，珍珍帶她到一家診所掛號。她們進診間，醫師打了個眼神，要一旁的醫生娘撥電話，沒頭沒腦說這裡有塊美國來的毛料，要不要來看看。她一頭霧水。過了一陣，有位女老師來訪，才挪到住家客廳繼續談話。他們談了選舉近況，談到女老師哥哥的健康。珍珍像被提醒似的側過臉看明秀，歪身湊到耳邊輕聲說，謝老師的哥哥當年背了爆炸案黑鍋。她面向謝老師，點頭致意，對方也回以微笑。

另一天傍晚，珍珍帶她搭公車到新店，跟兩個大姐碰頭。體態圓潤的長髮姐姐，年中才歷劫歸來，先前她遭情治單位逮捕，被迫上電視公開認錯。她託了信轉給美國郭先生。另一位，則是跟這次黨外助選團總幹事結婚的美國女子琳達。她們以國語聊了一會，接著用英語交談，散漫扯淡。琳達勸明秀返臺定居，說這裡肯定要有很大變化，應該一同見證歷史。

明秀卻不知道要做什麼，也不確定能做什麼。越過整片太平洋和整塊美國大陸，回到紐約，她把自己放倒在床，渾身疲憊。那是她來回臺、美兩地一個月以來，睡得最深沉的一晚。起床後，她披上風衣、圍起圍巾，閒步到附近的咖啡屋，吃了鬆餅、太陽蛋、薯餅，灌一大杯熱咖啡下肚。

曼哈頓天際線新增了全球最高的世貿雙子星，而她左近的法拉盛匯聚愈來愈多臺灣人和亞洲人，這座吞吐著八百萬人的大城還在擴張。

她回想馬克講過，十九世紀初擘劃曼哈頓的設計師，在什麼東西都沒有的時候，把這座島切成兩千零二十八個相同大小的格子。誰想得到，後來這裡垂直向上，長成摩天樓森林。她突然好想跟馬克聊聊這趟臺灣行，他一定會覺得有趣，說不定像琳達一樣跑來為臺灣民主打拚。

回過頭來，她之所以能在這裡浮想聯翩，說穿了就是餘裕。因為這裡日子容易過又自由，沒有明目張膽的監控，也不需要拐著彎說話。還因為她是有工作的人。如果她是個窮困女人，那麼極有可能，在街角乞討或賣淫的就是自己。

幾個月過去，臺灣與美國的國際關係雖有名目變更，她倒感受不到實質差別。駐美大使館和各領事館更名為「北美事務協調委員會」，辦公地址照舊，建築物相同，承辦業務也差不多。同鄉會倡議，美國十年一次的人口普查，請所有在美同鄉，族裔都要填「臺灣」，確保跟中國畫清界線，以免日後福利金和各種權益分配受到影響。據說美國政府每年發給每人三十三塊半福利金，要是臺灣受到承認，將是一筆大數目。這也關係到美國每年准許的移民配額。

明秀少有起伏的日常，心頭偶爾閃過琳達。想到她原本只是到臺灣做女工研究，卻嫁給臺灣人兩次還走上政治歧路。她在琳達身上看到的熟悉感，就如從前的艾比和馬克。他們懷抱改變世界的熱情，努力實踐理念，多少帶點天真，以為只要行動起來、組織起來，就能改變什麼。但整個七〇年代走到現在，難道不是充斥著理想幻滅的故事？卡特總統赦免逃避越戰徵召的反戰人士，地下氣象員被聯邦調查局滲透破獲，逮到好幾個，其中一位領導人後來也出面自首。一切宛如鬧劇。那幾個被捕的氣象員沒受到太多實質懲罰，美國政府睜隻眼閉隻眼，輕輕打幾下屁股就算了。

這組織失去反越戰的重心，幾年後隨風而逝。他們登場時宣稱「你不需要氣象員，也知道風要往哪個方向吹」，如今下戲退場，同一句話依舊適用。說來可笑，像她這種外圍看客，竟對如此結局，生出難以排解的感觸。

珍珍在她去年返臺前就離開NACC的工作，現在的郵寄管道不安全，來信變得簡短而客套，有如換了個人。她自然明白珍珍信裡的暗語，只是不曉得該回覆什麼，遲遲擱著沒回。愈來愈多同鄉關心臺灣政治局勢。有對夫妻拿電話答錄機播報臺灣政情，也愈來愈多人打電話去收聽。許多同鄉紛紛在美國各地設置分機，連她都好奇打去聽過幾次。

參與年初橋頭遊行的桃園縣長被免職，來了美國，接著是去年參選立委的女記者，還有謝老師的哥哥也飛抵紐約。她曾在北美事務協調會的紐約辦事處前，見到女記者絕食抗議國民黨亂抓人。她也聽說，去年取消選舉後，女記者背了滿身債務，一度在菜市場賣內衣褲賺錢。

記者絕食行動第一天，明秀放了場煙花。她從前就好奇，位處曼哈頓精華地段的紐約辦事處，要是炸開了會怎樣。可惜她不夠熟練，預先擺在華府協調會總辦事處門廊邊的那顆火種，沒能同時綻放。她照著馬克留下的「食譜」試做，掃視眼花撩亂的化學名詞，最後決定做簡便的氯酸鉀版本。

她跑了五金行和藥局，蒐購玻璃管、鐵管、氯酸鉀、硫酸等材料。氯酸鉀混合硫酸會爆炸，她是知道的，問題在於，如何控制兩者的接觸時間。她試過玻璃紙、香菸包裝紙之類的材質，硫酸大約五分鐘能溶解流過。反覆嘗試後，她採用亞鉛板作為間隔，透過鉛板厚度來控制引爆時間。製作這玩意得特別當心，卻也是對她最方便的做法。畢竟要單手拉配線和定時裝置，實在太困難了。

研究和試誤過程中，她發現自己頗能專注。那樣的專注程度，帶給她前所未有的平靜和安定。行動之前，她想找艾比聊一聊，發現酒吧已換手經營，艾比也不在那兒了。她聽說馬克去了西岸，打算重新開始。既然無處可說，她就得自己決定。

幾年前她讀過一本小說，講一對年輕情侶相戀、結婚。丈夫是天天搭地鐵通勤的上班族，妻子是愛好戲劇的家庭主婦，他們過著安穩而典型的郊區生活。但這一切逐漸變得窒息。夫妻被乏味的工作與家庭雙向輾壓，只能對彼此宣洩憤怒和空虛。丈夫出去偷情，妻子在家憂鬱。妻子本想藉著搬到歐洲，改變暮氣沉沉的生活，卻因懷孕而取消計畫。原先催眠自己期待去歐洲的丈夫鬆了口氣。從這兒開始，夫妻倆注定無法理解彼此，一路迎向悲劇結尾。這對夫妻住的地方叫做「革命路」(Revolutionary Road)。妻子雖以死亡收場，卻鼓舞身為女性的她。明秀牢記著書裡那句話：如果真心想做一件事，就得自己去做。

同時期也有其他同鄉暗地裡丟石頭、雞蛋，破壞美國各處的國民黨行政機構。美國警察和聯邦調查局四處調查一陣後不了了之。沒人想到是她在丟炸彈。

隨著臺灣那本新創的雜誌聲勢日益浩大，同鄉會的反應也愈加熱烈，政情電話答錄機有如熱線，全天候讓海內外同鄉如臨現場。高雄事件發生當天，好多人想聽都打不進去，只能改打其他城市分臺。後續大逮捕的報導，讓更多同鄉聽得揪緊了心。

她決定再到華府放一顆火種，見證人權大開花。

那陣子，常常擺盪在興奮、焦慮和擔憂之間，讓她扎實感覺活著。感覺可以再活一段時間，見證一些事。她不想繼續可有可無的日子，也不想考慮後果。她只知道，要是想得太多太仔細，一旦躊躇起來，就什麼也不會去做。

致謝

一九九三年夏末，我到嘉義的協同中學讀國中。那時班上有五十幾人，時常鬧烘烘的，講課老師要花很多時間管秩序。我只待了一學期，寒假過後轉學到雲林的宜梧國中。

多年以後，我從報紙偶然得知，原來我國一的地理老師陳重光是畫家陳澄波的兒子。

就讀大學期間，為符合學分規定，我選了一門跨領域通識課「生命與人」。我第一次體驗到扎實的小組討論，以及嘗試向別人描述諸如「什麼是美」之類的抽象思考。有個法律系的同學說，世上最美的事物是「尤拉公式」，因為它囊括了數學最重要的幾個符號。我當時亂看書，唸了一首陳黎的詩〈最後的王木七〉交差。

從農化系退休的授課老師張則周，總是笑嘻嘻聽我們說話、討論，適時提出一些延伸或深化思辨的方向，以免課堂交流過於發散。我愉快修完這門通識課，直到大四下學期才發現它不符合歷史系規定的通識領域分類要求，我得暑修另一門通識課才能畢業。

到我安全畢業上了碩士班，張則周老師找我當「生命與人」的課程助教，每週要帶修課同學做小組討論。那時我深陷在研究所的課業和對未來的迷惘之間，大概對分配到我手上的同學來說毫無引導作用，想來深感抱歉。

也在那時，我從一同當助教的朋友得知，張老師年輕時曾捲入白色恐怖，差點就回不來。

很長一段時間，我對白色恐怖及其歷史一無所知，並且後知後覺。由於文學，由於寫作，我開始給自己補課。

過了一些年，我寫了幾本書，意外接到國家人權博物館邀請，擔任第二屆駐館藝術家（二〇二〇至二〇二一年），得以寫出這部小說的雛型。在此要謝謝前館長陳俊宏的鼓勵。駐館期間，我曾在景美園區偶遇第一屆駐館藝術家陳列，謝謝他和他的書寫給我許多啟發。也謝謝館員劉玉燕的諸多協助。

謝謝林易澄、胡淑雯、賴香吟、湯舒雯、陳栢青給予這部小說初稿的回饋意見，希望我這次有做得更好一點。

完成人權館的駐館任務後，盧慈穎邀我共同創作白色恐怖題材的電影劇本。撰寫過程對我這個編劇菜鳥相當吃力，卻也逼使我寫完劇本再回頭修改這部小說之時有了更開闊的視野。謝謝她，以及短暫共事的林家齊。

謝謝代為購買史料彙編的吳俊瑩。謝謝幫忙蒐集相關檔案材料的陳逸達、邱士杰和盧意寧。謝謝協助解答電影相關史料的于昌民。謝謝幫忙翻譯日文資料的李崇瑜。謝謝從日本寄送參考資料的舍弟黃茯良。謝謝春山總編輯莊瑞琳的細心編修。

謝謝林世煜、胡慧玲的慷慨和溫暖。

專文

測量月球的距離——關於歷史，小說家能夠多問些什麼？

林易澄

這十多年來，關於戰後白色恐怖，出現了許多新的文學創作乃至圖像、電影、表演藝術，是經過解嚴一九八〇、九〇年代一度蓬勃之後少見的狀況。崇凱是其中致力甚深的一位。這指的不僅是寫作主題，也來自面對歷史，「小說可以做什麼」的思考。他並不只是重新刻劃那些被忘卻的人與事，也透過寫作將那些過往與今天相連，那不只關於曾經發生了什麼，也關於人們怎麼去記得與思考那些事。

當那些事情年復一年拉開距離，作為後來者，能夠做的不僅是去重建事件，也是去捕捉那距離，使之變成我們與事件的連繫。在崇凱此前的《文藝春秋》與《新寶島》裡面，都可看到這樣的目光。其中一種嘗試是描寫政治案件的「旁邊」。巨大的國家機器，政治案件的當事人，在兩者之間，時代角落的其他人是什麼樣子？（如〈三輩子〉中監控女作家的基層情治人員兼小說讀者）。另一種則詢問白色恐怖的「遠方」。如果放到二十世紀的世界史，這些事件會在哪裡呢？（〈狄克森片語〉中，《新英文法》與《狄克森片語》的對照，《新寶島》裡面臺灣與古巴兩個島嶼命運的對照）。

政治案件的重新認識與轉型正義工作，理想步驟，是國家檔案的徵集、口述歷史的保存、受害者的平反、加害體系的釐清、政治責任的歸屬、社會公共記憶對話、作為對話一環的創作……但在現實中，民主化多年後這些才得以逐一展開，不同步驟往往必須同時跟時間賽跑，而許多工作也來不及等待歷史學者有一分證據說一分話之後再開始。在這樣的限制下，身為一個史學工作者，有時心裡總不免會跨過史料，去想像當時曾經可能發生過的事：「應當有那麼一個人」，「他或許曾經問過」，「如果看到……他會怎麼說？」而崇凱所做的，可以說是小說家的特權：在歷史學工作還未能重建的地方，這些小說已經先一步去設想，在此刻我們對那段歷史仍然有限的認識中，嘗試走到空白的角落。

在這本小說裡，崇凱將前面的嘗試推得更遠。《反重力》圍繞半個世紀前臺灣的幾個重要政治事件：刺殺蔣經國、彭明敏逃亡、泰源事件、臺南美新處爆炸案……，但小說的時間與空間又超過了這些，指向一九七〇年前後的全球各地。那時間與空間，像是詢問著來不及發生的失去：隨著人們可以重新訴說那些故事，儘管眾多，我們終於能一件一件去拾起破碎的事物。但我們仍然難以想像，如果沒有三十八年的戒嚴，如果人與思想的流動不受到限制，這個島嶼上的人們會在那個時代創造出什麼樣的可能性？

當我們回頭看向風起雲湧的一九六〇到七〇年代，世界各地的青年，反思著現代性的限制，巴黎索邦大學的牆上塗鴉著「反對一切反對」，東京大學講堂的布條寫著「大學解體、自我否定」，反對越戰的青年在華盛頓將花束放上警察的槍口……臺灣距離這一切卻顯得那麼遙遠，彷彿是從外太空眺望著另一個星球。

當那些國家二次世界大戰後長成的一代青年，思索著美好的現代生活意味什麼；臺灣同世代的青年在那些政治事件裡，眼前必須去想的卻是，一個好的國家、屬於人們自己的國家是可能的嗎？

《反重力》把這些看起來很遙遠的人們放到了一起，提醒曾有過的連結，或者，安排了可能的連結。從而我們看到在加拿大討論著 Lévi-Strauss、James Scott 與 Benedict Anderson 的中輟留學生，在大阪萬國博覽會結識左派華僑少女的臺灣女服務生，看到了等待判決的青年想起卡繆小說的開頭，看到了救援政治犯的國外友人怎麼從他們的國家來到臺灣。

在小說裡，我們每每看到一個事件跨過地球連到另一個事件，「那一天，在距離多少公里的地球的另一頭……」。透過連結與相遇的安排，崇凱讓我們察覺，臺灣的青年與那個時代並不那麼遙遠。在第一世界的繁花與第三世界的肅殺之間，追尋一個公義的地上國度，在深處仍然是相連的。

不單將這些政治事件放在臺灣本身的戰後命運中，也將它們放到同時代的整個世界裡，我們有很長一段時間，沒有看到這樣的嘗試了。在一九八〇、九〇年代，當人們開始能夠書寫這段過往，伴隨著對二十世紀歷史宏大敘事壓迫個體的反省，大部分的小說聚焦在時代巨輪下個人的微小生活。在那之中，少數以世界史的維度去思考的，只有陳映真，然而線性時間的左翼理想、「資本主義的跨國壓迫」、「民族分斷體制」等概念架構的先行，卻也限制了小說本身。在《反重力》裡，崇凱採取了一個特別的視角，去回應那不再的宏大敘事。他站在這些政治事件的旁邊，看著一個個人物的日常生活，同時，也看向世界的各個角落，用一個故事帶出一個故事的方式，串聯起整個時代的共同歷史叩問。

不過，崇凱並沒有停留在說不完的一千零一夜。《反重力》說的故事，並不只是臺灣沒有缺席那風起雲湧的時代，那些故事既關於那一代人與世界的連結，也關於他們與歐美日本反叛一代的差異。正是透過這一差異的相遇，臺灣在來不及參與之中孕育的可能性，才得以浮現。那相遇既是與風起雲湧的解放相遇，也與越戰結束後風暴落下的幻滅相遇。在那幻滅中，如何走下去，如何與挫折共存？在這裡，遙遠島嶼上想要推翻威權政權的挫折，與想改變整個現代社會的革命運動落下的挫折，奇異地，靠近在一起，然後在那餘燼裡，產生了新的可能。

在加拿大，沒念完人類學博士的阿志，與刺殺蔣經國失敗逃亡，放棄社會學博士的保羅相遇。崇凱為保羅日後從未透露的逃亡經歷填上了許多故事。經由越戰逃兵網路，他遇見社會運動風暴落下後茫然的青年，人生有著各種困惑：是打起領帶當個上班族，或是到地方做環保運動，還是去中南美跟巴勒斯坦打游擊？也許，能做的只是找件具體的小事貢獻餘生，但這樣微小的抵抗對整個現代性體制又能有什麼改變？

受到美國新聞處爆炸案波及的女高中生明秀，少了一隻手，在美方補償下前往美國留學。她認識了地下組織的男友，但那萬花筒般意義迷離的民謠，抽著大麻去除身體界線的派對，看起來並不是問題的答案。她也參加了海外臺獨運動的週末同鄉會，只是女性總在煮飯做蛋糕的聚會，也不像是問題的答案。回到臺灣，兒時好友成為熱烈的黨外運動支持者，請她上臺講講美國回來的看法，反而讓她不知道該說什麼。

然而也就在這裡，無論此處彼處都沒有現成答案的困惑，將小說裡的人們推向了一千零一個故事之外的地方，在那裡，有著什麼在呼喚著，打開了尚未來到的故事。就像泰源事件中阿興一邊翻著聖經一邊想的，「已經西元一九七〇年了，說著『是了，我必快來！』的主耶穌，仍然沒有來。」在臺灣這個遲到的現代國家，那時間的落差與第一世界的距離，卻也讓尚未來到的、公理和正義的國度的許諾，呼喚著小說裡的人們，在挫折和幻滅中，湧出一股不能不做什麼的力量。需要一聲爆炸，需要在沒有答案的歷史之中，回到島嶼上，去面對那不可知道的未來。

這一呼喚甚至推動小說裡的阿志穿過了時間，或者，推動崇凱安排了一個時間的蟲洞。那飄泊的中輟青年，穿過滿地可的地下鐵，回到二〇二〇年疫情中的臺北。在三天裡，他用了比當年電腦厲害許多的手機，走過建築已非的臺大校園，在學妹研究室的書架看到自己死前完成的譯作，在刺蔣事件五十週年的展覽遇見了多年前聊過天的老去的保羅。然後他再次回到沒有答案的一九八二年，決定飛回臺灣，確認那「究竟是夢，還是他必須挺身迎接的命運」。

在宏大歷史敘事早已一個一個倒下的時代，我們還能夠夢見未來嗎？可以有另外一種說故事的方法，把人們連結在一起嗎？透過既相連卻又差異的時間，在不再直線前進的時間裡，《反重力》像是這樣問著。

那在彼時還沒有誕生的共同體，一方面與一切都解構了的現代性晚期，處在同一時間，另一方面卻又仍然處在現代性的開端：在沒有可行的完美計畫下，想像著那沒有保證的更好的未來。在時間的重疊裡，小說裡的人們走向了小說還沒有說的故事，他們相信未來沒有寫定，在束縛與荒原之中，在創造與破壞之中，仍然去試著，將眼前的土地變成屬於每一個人的家園。

這樣，在這個島嶼仍然喧囂不定的二〇二四年，來回往復翻過，在一千零一個故事中穿行，最後或許你會發現，那裡面也一直有著下一個故事，關於此時此地閱讀著小說的我們。

然後我們也終於明白，為什麼一本關於一九七〇年前後臺灣政治事件的小說，貫穿著不同故事的是阿姆斯壯登陸月球，是庫柏力克的電影《二〇〇一太空漫遊》。

在那每一天都有動盪事件的時代，一九六九年七月二十一日的登月，或許仍是受到最多人關注的一件。資本主義—自由主義陣營、社會主義陣營、第三世界，政治犯、情治人員、普通人，不同地方的眼睛都在看著螢幕看著報紙，看著人類踏上地球之外星球的那一刻，想像一個超越此地的生活、改變重力的世界。

與風起雲湧的社會運動一起，登陸月球代表了那個時代的夢想。這個夢想折射了現代性的兩個面向：最先進的科技發展，與最神祕的未知經驗。《二〇〇一太空漫遊》縮影了文明的進程。從人類還是猴子時候的戰爭開始，到了太空，強權仍然互相競爭，最新的電腦宣稱自己不會有任何錯誤，卻準備解決掉船上的太空人，最後被強迫關機。但經過這一切，人類也終於穿過無數星海，像是吸了迷幻藥一樣，看見了難以解釋、謎題般敞開的宇宙盡頭，直到自身也飄浮在其中。

小說描繪了第一個與最後一個登上月球的人類，他們來到臺灣，到世界各地巡迴展覽的情形。我們都記得阿姆斯壯，卻很少記得賽爾南的名字。是巧合還是時代的共振效應？登月任務成功之後，跟風暴落下的社會運動一同，竟難以為繼，NASA再也沒有派人上去過。

那像是說，我們終究得從仙女座回到這個星球，回到這一個充滿猴子互相打架的星球。就像大衛·鮑伊唱給六〇年代的輓歌〈Space Oddity〉（太空怪談），「迴路斷掉了，一定有哪裡出錯了」（Your circuit’s dead, there’s something wrong），那關於宇宙的夢想就像與地面基地失去聯繫的太空人，他唱道，「地球是藍色的，但我再沒有什麼能夠做的了」（Planet Earth is blue and there’s nothing I can do）。在七〇年代的尾聲，偷渡政治犯名單準備上飛機的少女，被監控中的政治犯和他的外國女友，在島嶼將要邁向新的變動的前夜，他們進到戲院，上映的已是在宇宙盡頭仍有著正方反派開打的《星際大戰》。

那之後的半個世紀，人類科技持續進步，各式各樣科幻電影裡的發明變成了生活的一部分，但也將生活變得更加複雜，更加沒有答案。稱為夢想的東西日益遙遠。一九六〇年代像根火柴一樣劃過，但是那個時代也留下了永遠讓人揮之不去的畫面。人類第一次從遠處看著這整個星球，想著脫離重力的可能性。我們終得回來，在日常生活的繁瑣困惑繼續下去，但總有些人記得那一幕。

崇凱顯然是記得那一幕的一位。回望那個時代的臺灣，在戒嚴統治的封閉中，遠遠地眺望世界的青年男女，一方面，身在現代暗面一環的黨國威權體制下，他們更早更直接地感受著現代世界帶來的挫折與創傷；另一方面，處在現代世界體系的邊緣，從有限的資訊碎片，看向遠方夢想的一瞬之間，他們仍然想像著爭取著可能的現代、那未完成未實現的現代。在幻滅之中如是前行，這或許便是崇凱透過地球和月球的距離所測量的，臺灣在那個時代沒有趕上的，卻以另外一個方式展開的可能性。

附錄

時間軸及年表的存在，往往意味著挑選。從某一觀點來看，挑出相應的人事時地物置放其中。雖然簡明，卻不免錯失更多事物的複雜脈絡。因此這條時間軸只提供與小說相關的參考座標，並不指引解讀。讀者可用以對照亦可完全略過。

一九六四 臺灣自救宣言事件，彭明敏、謝聰敏、魏廷朝被捕。

一九六七 全國青年團結促進會事件，林水泉、黃華、許曹德、顏尹謨、劉明彰等人被捕。

一九六八 民主臺灣聯盟事件，陳映真、吳耀忠、丘延亮等人被捕。

電影《二〇〇一年太空漫遊》在美上映

一九六九
七月二十一日　阿波羅十一號登月成功
電影《二〇〇一年太空漫遊》在臺上映

一九七〇
一月三日　彭明敏逃亡
二月八日　泰源監獄事件
三月十五日至九月十三日　日本舉辦大阪萬國博覽會
四月二十四日　黃文雄和鄭自才在紐約刺殺蔣經國失敗
十月十二日　臺南美國新聞處爆炸案
十一月　保釣運動在美展開

一九七一
二月五日　臺北館前路美國商業銀行爆炸案
成大的馬來西亞學生陳欽生因美新處爆炸案嫌疑被捕
李敖、謝聰敏、魏廷朝、李政一、劉辰旦等人因美新處及銀行爆炸案被捕
美國牧師夫妻唐培禮及唐秋詩遭驅逐出境
十月　聯合國大會二七五八號決議通過，中華民國退出聯合國。

一九七二

美國尼克森總統訪問中華人民共和國

成大共產黨事件

中華民國與日本斷交

一九七三

臺大哲學系事件

成大大陸社事件

一九七七

省議員、臺北市長及市議員選舉、縣市長及縣市議員選舉

桃園中壢事件

一九七八

國民大會代表及立法委員增額選舉，後因美國宣布將與中共建交而中止，延至一九八〇年舉行。

一九七九

一月一日　中華民國與美國斷交

一月二十二日　高雄橋頭事件

十二月十日　美麗島事件

一九八〇

施明德逃亡二十六天，於一九八〇年一月八日被捕。

二月二十八日　林義雄宅血案

三月　美麗島大審

春山文藝 033

反重力
Anti-Gravity

作者　黃崇凱
總編輯　莊瑞琳
行銷企畫　甘彩蓉
業務　尹子麟
封面設計　洪彰聯
內頁排版　張瑜卿
法律顧問　鵬耀法律事務所戴智權律師

出版　春山出版有限公司
地址　116臺北市文山區羅斯福路六段297號10樓
電話　(02) 2931-8171
傳真　(02) 8663-8233

總經銷　時報文化出版企業股份有限公司
地址　桃園市龜山區萬壽路二段351號
電話　(02) 2306-6842
製版　瑞豐電腦製版印刷股份有限公司
印刷　搖籃本文化事業有限公司

初版一刷　2024年9月
定　　價　380元
I S B N　978-626-7478-17-2（紙本）
978-626-7478-15-8（PDF）
978-626-7478-16-5（EPUB）

國家圖書館出版品預行編目（CIP）資料

反重力／黃崇凱著--初版．--臺北市：春山出版有限公司，2024.09
--280面；14.8×21公分．--（春山文藝；33）
ISBN 978-626-7478-17-2（平裝）
863.57　　113010666

填寫本書線上回函

EMAIL SpringHillPublishing@gmail.com
FACEBOOK www.facebook.com/springhillpublishing/

From Interest to Taste

以文藝入魂